JN003602

ノートル=ダム・ド・パリ

ヴィクトル・ユゴー
大友徳明=訳

角川文庫
23062

目次

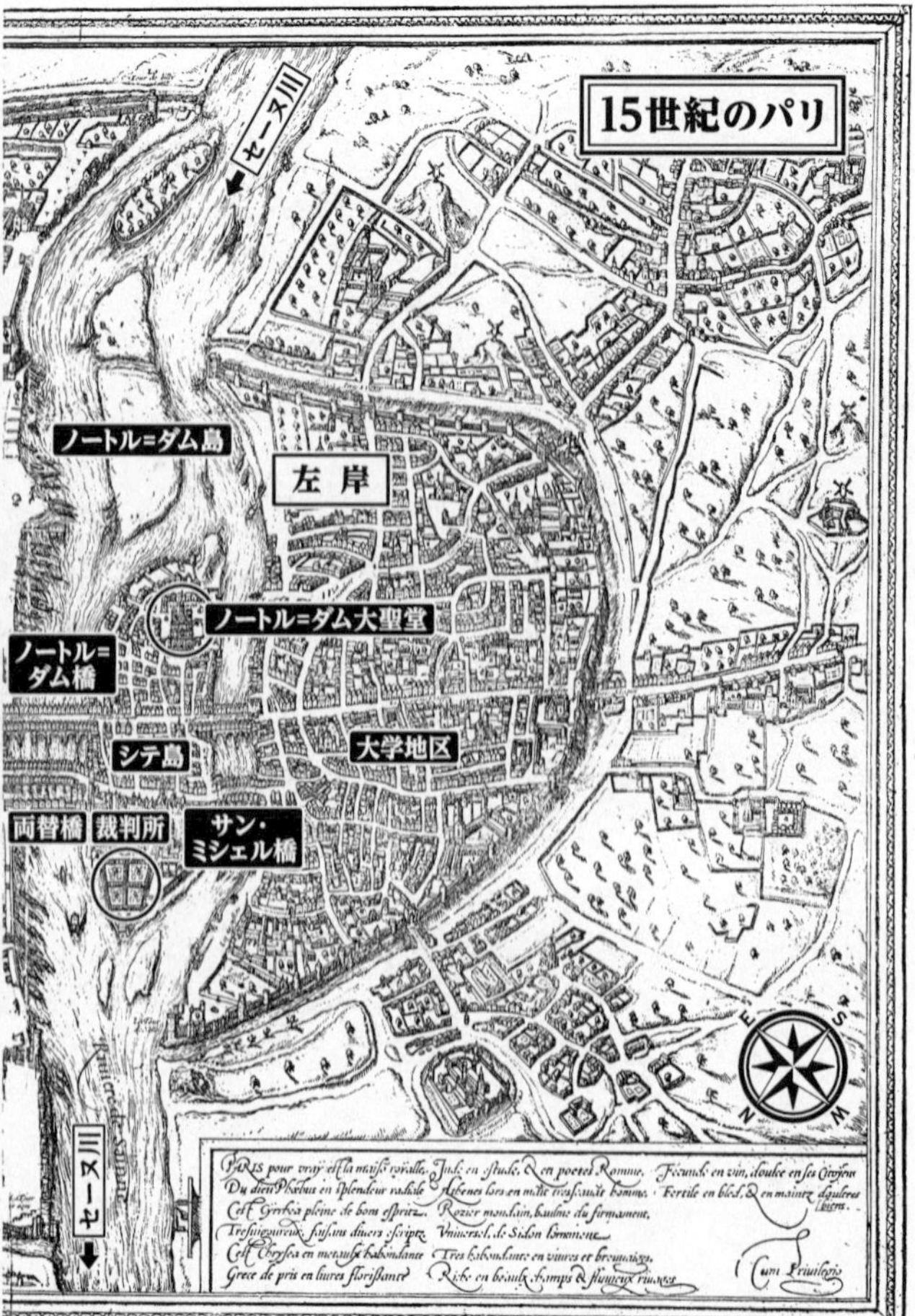
15世紀のパリ
セーヌ川
ノートル=ダム島
左岸
ノートル=ダム大聖堂
ノートル=ダム橋
シテ島
大学地区
両替橋
裁判所
サン・ミシェル橋
セーヌ川
Cum Priuilegio

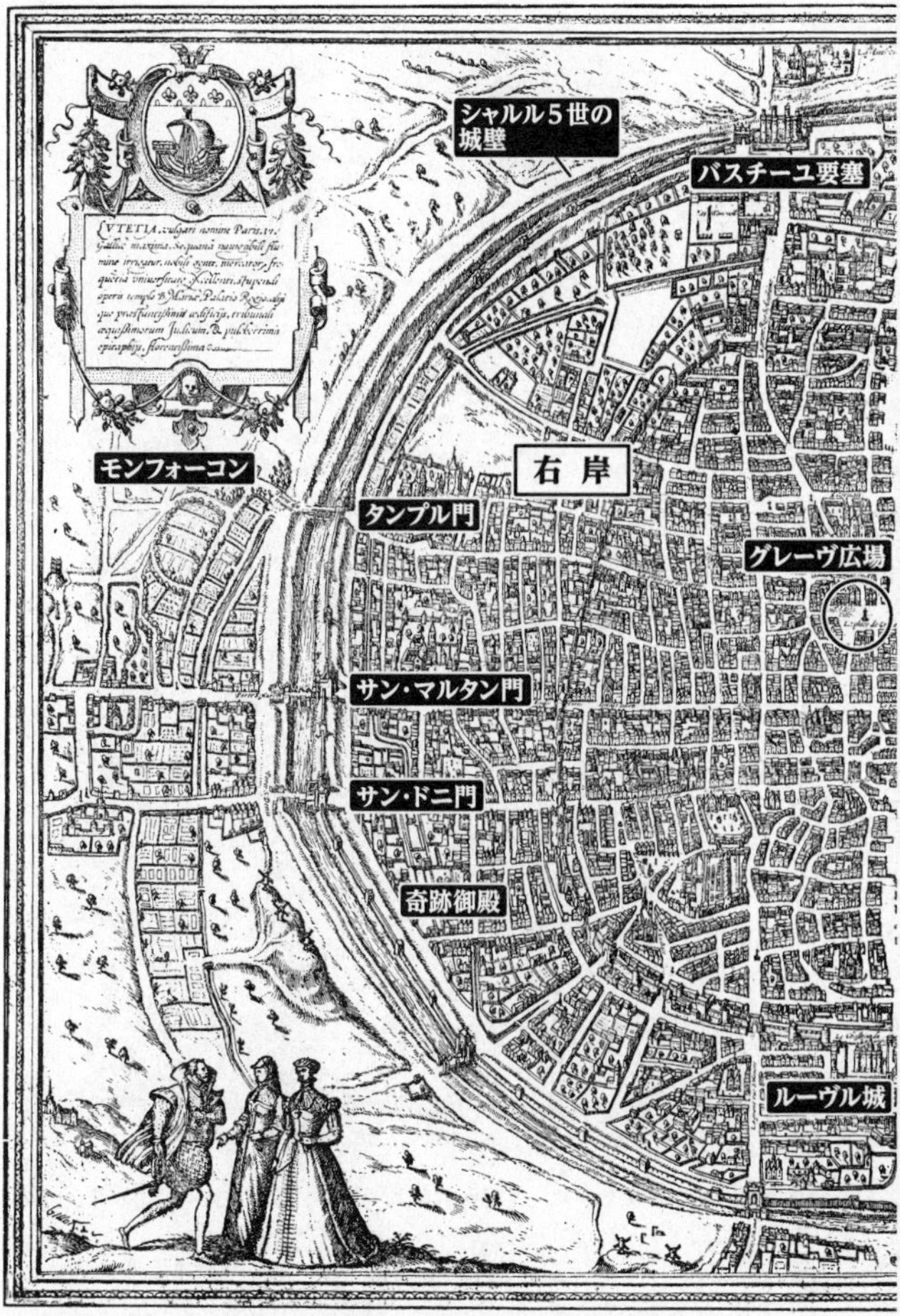

「Notre-Dame de Paris」 Victor Hugo（Eugène Hugues, 1832）より

※左上から反時計まわりに　①鐘突き男カジモド　②〈奇跡御殿〉のボス、クロパン
③副司教クロード・フロロ　④ピエール・グランゴワール　⑤ジャリ
⑥踊り子エスメラルダ　⑦修道女ギュデュール　⑧王室射手隊隊長フェビュス
⑨フェビュスの婚約者フルール・ド・リス　⑩クロードの弟ジャン・フロロ

はじめに

　この物語の作者は、数年前ノートル＝ダム大聖堂を訪れ、いろいろと調べ歩いたのだが、そのとき塔のうす暗い片隅の壁に、つぎのような言葉が刻まれているのを見つけた。

ἈΝΆΓΚΗ（アナンケ　宿命）

　このギリシア語の黒ずんだ大文字、中世の人が書いたらしい古びた文字には、とりわけ悲痛な運命が隠されているように思われて、わたしは強く心を打たれた。犯罪や不幸な出来事を想像させるこの〈宿命〉の文字を、古い大聖堂の壁に書き残したのは、いったいどんな悩みを持つ人間だったのだろう？

　ノートル＝ダム大聖堂の塔に、この言葉を刻みつけた人間は、何世紀も前に姿を消してしまったし、言葉自体もその後、大聖堂から消えてしまったが、この物語は、大聖堂の壁に書かれていた〈宿命〉という言葉から生まれたのである。

一八三一年二月

第1章　裁判所の大広間

一四八二年一月六日、パリの人たちは、いっせいに鳴りひびく鐘の音に目を覚ました。

公現祭（キリスト教で、東方の三博士の礼拝と幼な子イエスが世に現れたことを祝う日）のこの日、グレーヴ広場（現在のパリ市庁舎前広場）ではかがり火がたかれ、裁判所の大広間では芝居が演じられたり、ばか騒ぎの道化祭の法王が選ばれたりする。

そこでパリの市民たちは、朝から浮きうきとして家を出て、とりわけ裁判所へと向かった。裁判所前の広場や大階段は、すぐに人の波でごった返した。あとからあとから押し寄せる人々の足音に、どなり声や笑い声が混じって、大変な騒ぎである。

裁判所の中の巨大な長方形の広間でも、見物客が渦巻いていた。広間のちょうど中央、正面入り口の向かいの壁ぞいに、金色の幕を張った高い壇上の席がつくられていた。これは、芝居の上演に招かれた外国の使節団や、さまざまなお偉方たちの特別席である。

大広間の一方には、一枚のばかでかい大理石が置かれていた。その大理石の上に、かなり高い舞台が材木で組み立てられている。舞台は広間のどこからでも見えるようになっていて、下の部分は布でかこわれ、役者たちの楽屋に使われる。舞台の外側には、役者たちがのぼり降りする梯子《はしご》がかかっている。

芝居は、裁判所の大時計が十二時を打ったら、はじまることになっていた。だが、大勢の見物客たちは、朝から待ちかまえていたのだ。ますますふくれあがる人たちは押しつぶされそうになり、息をふさがれそうになっていた。

大時計が十二時を打った。みんなは待ったが、何もはじまらない。あちらこちらで、いら立ちの声が起こった。

「芝居はどうした？　芝居をはじめろ！」

第2章　ピエール・グラングワール

芝居をはじめろという声が高まるなか、大理石のそばの柱のかげにそっと身をひそめていた男が、舞台に歩み寄ってきた。背が高く、やせっぽちで、顔は青白く、髪はブロンドだ。まだ若くて、目はきらきらと輝き、口もとはほほえんで、古くなったよれよれの黒い服を着ている。この男こそ、芝居の作者で詩人のピエール・グラングワールだった。

ピエールの合図で、役者の一人が舞台にあがり、大声で叫んだ。

「みなさん、これからすぐに、芝居をはじめます」

ものすごい拍手がわき起こった。

楽屋でいろいろな楽器の音楽が鳴りひびき、同時にそこから四人の役者が出てきて、はしごをのぼり舞台に一列にならぶと、深々とおじぎをした。そして、あいさつをはじめた。

ところが、見物人のあいだに、ぼろをまとった物乞《ものご》いが一人まじっていた。どこか目立つ席にすわって人々から何かをせしめようと考え、物乞いは例の特別席の手すりの下までやって来ていたのである。

彼はいかにも同情をさそうような声を張りあげた。

「みなさん、どうか、お恵みを！」

円柱にしがみついている学生の一人が叫んだ。

「おやっ、あいつは有名なクロパンだぞ！」

見物人たちは、舞台の芝居よりも、二人のやりとりに気をとられてしまった。

ちょうどそのとき、壇上の特別席のドアが急に開き、会場の案内係がよく響く声で告げた。

J. LECURIEUX INV.
L. CHAUCHEFOIN SC.

「枢機卿《すうききよう》（キリスト教カトリック教会の教皇の最高顧問）閣下がお着きになりました！」

枢機卿が壇上に姿を見せたので、見物人は大きくざわめいた。どの顔も特別席へと向けられ、舞台の役者のセリフを聞いている者など、だれもいない。

枢機卿に続いて、司教や修道院長もはいってきた。さらに、フランドル（オランダ南部、ベルギー西部、フランス北部にかけての地域。中世に商業が発達した、ヨーロッパの先進的地域）からの大勢の使節団も到着した。

大広間は一瞬静まりかえったが、案内役が一人一人の名前や肩書をたどたどしく紹介したので、みんなの口から押し殺したような笑い声がもれた。

枢機卿が登場してからずっと、芝居の作者ピエール・グランゴワールは、舞台の芝居を続けさせようと悪戦苦闘していた。四人の役者たちに必死に声を掛けて、そのまま芝居のセリフを語るように命じた。

しかし、フランドルの使節団の一人、先ほどヘント市（現在のベルギー北西部の都市）の洋品屋と紹介された背の高い男が、突然立ちあがると、割れるような大声で演説をはじめた。

「パリの紳士淑女のみなさん！　芝居はまるで、おもしろくないじゃないですか。パリでは道化祭が開かれ、法王を選ぶことになっていると聞いてきたんだ。ヘントでも道化祭の法王選びがあるけれど、その選び方はこんな具合です。まず、この会場と同じように、大勢の人が集まる。つぎに、一人ずつ窓のような穴から顔を突き出して、ほかの連中にしかめっ面をしてみせる。そして、いちばんひどい面をしてみせたやつ、みんなからいちばん拍手喝采《かっさい》を受けたやつが、法王に選ばれるというわけです。すごくおもしろいですよ。どうです、ヘントと同じやり方で、法王を選んでみては？　あんな芝居で、つまらないセリフを聞かされるより、ずっと楽しく過ごせますよ」

芝居の作者ピエールは、すぐにも抗議の声をあげたかった。だが、あまりにかっとなって、頭が混乱し、言葉が出てこなかった。それに、紳士淑女のみなさんと呼ばれて気をよくしたパリの見物人たちは、ヘントの洋品屋の提案を拍手喝采で迎えたので、どんなに抗議の声をあげようと無駄というものだった。ピエールは両手で顔を覆ってしまった。

第3章　カジモド

またたく間に、ヘントの洋品屋の提案は実行に移された。市民たちも学生たちも、一緒に準備にとりかかった。

大理石の上に建てられた舞台のちょうど正面に、小さな礼拝堂があったが、そこが法王選びの場所に決まった。

礼拝堂の入り口の扉の上にある、きれいなバラ窓のガラスが一枚割れていて、丸い穴がぽっかりとあいていた。しかめっ面を競う人たちは、この穴から顔を見せればいい。あっという間に、礼拝堂の中は、しかめっ面を見せようという人たちでいっぱいになった。

　しかめっ面競争がはじまった。最初に窓に顔を突き出した男は、両まぶたを裏返して赤い目を見せ、口をあんぐりと開いて、額にはわざと太いしわをつくっていた。これを見ると、見物人たちはどっと笑った。

　さらに二番目、三番目と、しかめっ面が続いた。つぎからつぎへと、前とはちがった顔が飛び出し、そのたびに見物人に笑い声が起こり、みんながおもしろがって、足を踏みならす音が強まった。

　そうするうちに、割れるような拍手喝采と、大歓声がわき起こった。

「いいぞ！　いいぞ！　ばんざい！　ばんざい！」四方八方で、人々は叫んだ。

なるほど、みごととしか言いようのないしかめっ面が、バラ窓から光を放っていた。見物人はこのお祭り騒ぎに興奮して、どんどんグロテスクな顔を求めるようになっていたので、なかなかしかめっ面の王者を選ぶことができなかったのだが、ついにみんなを驚嘆させる最高のしかめっ面が登場して、満場の喝采を浴びたのである。

でんとすわった鼻、馬のひづめのような口、もじゃもじゃのまゆ毛で覆われた小さな左目、もう一方の大きないぼの下に隠れてしまっている右目、あちこち欠けた不ぞろいな歯並び、ゾウの牙《きば》のように突き出た一本の歯、その下にあるたこのできた唇、まん中がくびれたあご、とりわけ、こうした顔全体に広がる驚きと悲しみの入り混じった表情……。

見物人の拍手は鳴りやまなかった。みんなはどっと礼拝堂に押し寄せた。学生たちが道化祭の法王を肩に乗せてかつぎあげ、礼拝堂の外に連れ出した。ところがこのとき、人々の称賛は頂点に達した。男はしかめっ面をしていたわけではなく、素顔で出場していたことがわかったからである。

というより、男はからだ全体がしかめっ面のようなものだった。赤毛の毛が逆立った大きな頭、両肩のあいだに盛りあがったこぶ、反対の胸のほうにも突き出たこぶ、幅の広い足、並はずれて大きな手――だが、そうした外見とは別に、男はなにか恐ろしさと、力強さと、敏捷《びんしょう》さと、勇気を感じさせた。

道化祭の法王に選びだされたのは、そのような男だった。

パリの下町の連中は、その男がどこのだれなのか、すぐにわかった。背の高さも横幅もそれほど変わらない、ずんぐりとした体格に、いつもの赤と紫の外套《がいとう》を着こんだ姿を見れば、一目瞭然《りょうぜん》だった。連中は声をそろえて叫んだ。

「鐘突き男のカジモドだ！　ノートル＝ダムのカジモドだ！　いいぞ！　ばんざい！」

騒ぎの的になっているカジモドは、礼拝堂の戸口に立ったまま、まじめくさった顔つきで、みんなの称賛の声を浴びていた。

　このとき、一人の学生がカジモドの目の前まで近づき、大きな笑い声をあげた。だがすこし近づきすぎたようだ。カジモドはその学生のベルトをつかむと、見物人の集まっているところへ投げ飛ばしてしまった。ひと言も口をきかずに……。

　先ほど発言したヘントの洋品屋が、驚いた顔つきをして、そばにやって来た。

「きみほどすごい男は見たことがないよ」と、洋品屋は陽気にカジモドの肩に手をかけたが、鐘突き男はじっとしたまま、何も答えなかった。

「おやっ！　きみは耳が聞こえないのか？」

　そのとおり、カジモドは耳が聞こえなかったのである。一人の老婆が進み出ると、洋品屋にそのことを伝え、さらに説明を加えた。

「鐘ばかり突いていて、耳が聞こえなくなったんだよ。ちゃんと口はきけるのに」

　いつの間にか、学生たちのグループに、物乞《ものご》いの連中やお屋敷の召使いたちまでが加わって、道化祭の一団は行列をつくっていた。彼らは裁判所の倉庫へ向かうと、道化祭の法王がかぶるボール紙の冠と、やはりにせの法王が着る衣装を取りそろえた。

　カジモドは眉《まゆ》一つ動かさず、すこし誇らしげな面持ちで、おとなしく冠と衣装を身につけさせた。それが終わると、道化祭の法王は、はでな色を塗られた担架のような台に乗せられた。その台を、道化祭の十二人ほどの仲間たちが肩にかつぎあげた。自分の足もとで、りっぱな男たちの楽しそうな顔が並んでいるのを見ると、カジモドはもともとの気むずかしい顔つきに、何やらうれしそうな表情を浮かべた。ほろ苦いよろこび、同時に、人を見くだすようなよろこびの表情を。

このあと、粗末な服を着こんだ一団は、大声を張りあげながら行進をはじめた。慣習に従って、まずは裁判所の回廊をひとめぐりしたあと、パリの通りにくり出そうというのである。

またたく間に、裁判所の大広間は空っぽになってしまった。

第4章　エスメラルダ

一月の日暮れは早い。芝居の上演に失敗したピエール・グランゴワールが裁判所をあとにしたとき、パリの街はすでに暗くなっていた。芝居の失敗で、手にはいるはずだった金ももらえなくなってしまった。傷ついた心には、夜の闇がかえってうれしかった。

シテ島の中の通りやセーヌ河岸をさまよい歩いたあと、ピエールはいっそのこと、祭りで人がにぎわっているはずのセーヌ川右岸のグレーヴ広場に行ってみようと決心した。

グレーヴ広場に着いたとき、ピエールのからだはすっかり冷えきっていた。彼は広場のまん中で燃えさかっているかがり火のほうに急いで近づいた。ところが火のまわりには、大勢の人々がつめかけていた。どうやら、たきぎの燃える暖かさにひかれて集まっただけではないらしい。

人がきとかがり火のあいだに広い空間があって、一人の若い娘が踊っていた。

まばゆいばかりの娘の姿に、ピエールは心を奪われた。

娘はペルシアじゅうたんの上で踊っていた。くるくると軽快にからだを回すたびに、大きな黒い目がきらりと光った。ふっくらとした白い両腕を頭上にあげてタンバリンを叩《たた》く姿、すらりとしたからだに、きびきびした動き、ときどきスカートの下からのぞくほっそりとした足、黒々とした髪に炎のように燃える瞳《ひとみ》――それは何とも神秘的な美しさだった。

「ほんとうに火の精か、水の精みたいだ！」ピエールはつぶやいた。

このとき〈火の精〉の娘の髪がほどけ、髪を束ねていた銅貨が地面に転がった。

「なんだ、ジプシーの娘（ジプシーは錬金術にすぐれ、銅貨をつくりだすと思われていた）だったのか」

かがり火の赤い光に照らされた大勢の見物人の顔のあいだに、踊る娘の姿を食い入るようにじっと見つめる男がいた。暗い顔つきの男で、歳は三十半ばを越えてはいないように見えたが、頭ははげていた。だが、くぼんだ目には、驚くべき若々しさと激しい情熱を秘めている。十六歳ほどの娘がみんなをよろこばせて陽気に踊っているのに、この男は物思いに沈みこみ、どんどん暗くなっていくように見えた。

若い娘が息を切らして踊りをやめると、見物人たちは彼女に温かい拍手を送った。

「ジャリ！」ジプシーの娘が呼んだ。

すると一匹のかわいらしい白ヤギが目の前に現れた。すばしっこそうな小さなヤギで、角も足も金色、そしてまた金色の首輪をつけている。

「ジャリ、こんどはあなたの番よ」と、娘は言って、腰をおろしながら、やさしく白ヤギにタンバリンを差し出した。

「さあ、ジャリ、いまは何月《なんがつ》？」

ヤギは片方の前足をあげて、タンバリンを一つ叩いた。なるほど、いまは一月だ。

見物人は拍手喝采《かっさい》した。

「では、ジャリ、今日は何日？」娘はタンバリンをくるりと裏返しながらたずねた。

ジャリは金色の足をあげ、タンバリンを六回叩いた。

「ジャリ、では、いま何時？」ジプシー娘はまたタンバリンを裏返してたずねた。

ジャリはタンバリンを七回叩いた。このとき、広場に面した〈柱の家《メゾン・オ・ピリエ》〉の大時計が七時を打った。見物人たちは感嘆の声をあげた。

「あれは魔法を使っているんだ」と、群衆の中から不気味な声が聞こえてきた。それは、ジプシー娘から目をそらさずにいる、はげた男の声だった。

「まあ！　あのいやらしい男だわ！」娘はびくっとして、うしろをふり向いた。

それから、口をとがらせてかわいらしいふくれっ面をしてみせた。

彼女はくるりと向きを変えると、見物人が差し出すお金をタンバリンの中に集めはじめた。

　突然、若い娘はピエールの前にやって来た。ピエールがうっかりポケットに手を突っこんだので、娘はお金をもらえるのかと立ちどまった。

「しまった！」彼は自分が一文無しであることに気づいた。娘は大きな目で彼を見つめたまま、その場に立って待っている。ピエールは冷や汗を浮かべた。

　このとき思いがけないことが持ちあがって、ピエールは救われることになった。広場のいちばん暗い場所のあたりから、甲高い声が聞こえてきたのだ。

「ジプシー娘はどこかへ行ってしまうがいい！」

　若い娘はぎょっとなって、うしろをふり返った。

　こんどは女の声、執念深く意地の悪い女の声だった。近くをうろついていた子どもたちが大声ではやしたてた。

「あれはロラン塔に閉じこもっている〈おこもりさん《ラ・ルクリューズ》〉だぞ！　おこもりさんがどなっているんだ！」

ピエールは若い娘がどぎまぎしているすきに、広場を離れて逃げだそうと思っていた。

だがそのとき、あの道化祭の法王の行列が、松明《たいまつ》をかかげ、喚声をあげながら、グレーヴ広場にはいりこんできた。

第5章　カジモドとフロロ神父

行列の人数は大きくふくらんでいた。パリの宿なし連中だけでなく、ならず者や泥棒たちまで一緒になって歩いている。

この行列のまん中に、たくさんのろうそくを立てた担架の台が進んできた。担架の台の上には、法王の服と冠を身につけ、杖《つえ》を手にした〈道化祭の新しい法王〉、つまりはノートル=ダムの鐘突き男カジモドがすわっていた。

裁判所からグレーヴ広場までの道のりのあいだ、カジモドの顔はずっと、満足そうな表情に輝いていた。彼はすっかり法王になりきって、まわりの人々の拍手喝采を心ゆくまで楽しんでいた。むやみやたらとうれしく、誇らしい気分になっていたのである。

ところがこのとき、人々をびっくりさせる出来事が持ちあがった。一人の男が群衆の中から飛び出し、激しい怒りのしぐさで、カジモドの手から法王の杖を奪い取ったのだ。

この大胆不敵な男は、先ほどジプシー娘の踊りを見物していて、彼女に憎しみのこもったおどし文句を投げつけ、娘を怖がらせた人物だった。男は僧服を着ていた。この男が群衆の中から飛び出したとたんに、ピエールにはそれがだれだかわかった。

「おやっ！」彼はびっくりした声をあげた。「あれはぼくの勉強の先生、副司教のクロード・フロロ神父だぞ！　あの鐘突き男をどうしようというんだろう？　反対に痛い目にあわされるのに」

はたして恐怖の叫び声があがった。恐ろしい形相のカジモドが担架から下に飛び降りた。女性の見物人たちは、カジモドが副司教を引き裂くのではないかと思って、目をそむけた。

ところが、ひとっ飛びで神父の前にやって来たカジモドは、すぐ副司教の前にひざまずいた。副司教は〈法王〉のにせの冠をはぎ取り、杖をへし折ると、安ぴかの服を引き裂いてしまった。

カジモドはひざまずいたまま、頭を垂れ、両手を合わせている。

このあと、副司教とカジモドのあいだで、身ぶりと手まねの奇妙な会話がはじまった。というのも、どちらも口をきかないのだ。副司教は立ったまま、怒りをあらわに相手をおどす態度を見せていたし、カジモドのほうは地面にはいつくばり、許しを請うようすである。

とうとう副司教は、カジモドのがっしりとした肩を乱暴に揺すぶり、立ちあがってついてくるように合図した。

カジモドは立ちあがった。

このとき、道化祭の行列に加わっていた一団が、最初はあっけにとられていたのだが、こんどは奪われた〈法王〉を取りもどそうとする行動に出た。ジプシーや泥棒たち、裁判所の若手連中が、副司教を取りかこんで抗議の声をあげたのである。

するとカジモドは副司教の前に立ちはだかり、筋骨隆々の腕のこぶしを握りしめ、怒ったトラのように歯をむき出しながら、取り巻く連中をにらみつけた。

副司教はもとの暗く重々しい顔つきにもどり、カジモドに手で合図すると、黙ってその場を立ち去ろうとした。

カジモドは副司教の前を歩き、道をふさぐ人々を追い散らした。

広場の人々は、二人がまっ暗な狭い道にはいっていくのを見送らざるを得なかった。だれ一人、あとを追おうとする者はいなかった。それほどカジモドの形相はものすごかったのである。

ピエール・グラングワールはつぶやいた。

「何とも驚きの光景だな！　それにしても、どこへ行ったら夕飯にありつけるんだろう？」

第6章　夜の街で美しい娘を追ってトラブルに巻きこまれる

ピエールはたまたま、ジプシーの娘がヤギを連れてクーテルリー通りにはいる姿を目にして、何気なくそのあとをつけはじめた。

前を歩いていく若い娘とヤギは、両者ともほっそりとし、優美で、じつに魅力的だ。その小さな足やかわいいからだつき、しとやかな身のこなしぶりを感心して眺めているうちに、通りはどんどん暗くなり、人がまばらになってきた。いつのまにかピエールは、狭い路地が入り組んだ迷路のような場所にはいりこんでいた。だが娘のほうは、ためらいもせず、ますます足を速めていく。どうやら歩きなれた道らしい。

ところで、しばらく前から、ピエールの存在は娘に気づかれていた。彼女は何度も不安そうにピエールのほうをふり返った。一度などは急に立ちどまって、パン屋からもれる明かりをたよりに、ピエールの全身を頭から足もとまでじっと見つめたりもした。そのときは、さきほど広場で見せたような、かわいらしいふくれっ面をしたが、彼女はそのままふたたび歩きはじめた。

あのかわいらしいふくれっ面には、きっと相手を軽蔑《けいべつ》する気持ちがこめられているにちがいない。ピエールは前よりすこし間隔をあけて娘のあとをつけはじめた。

通りの曲がり角に来て、娘の姿を見失ったとき、鋭い女性の悲鳴が聞こえた。

ピエールは駆けだした。

通りは闇に包まれていた。だが、道ばたで油のしみこんだ麻くずが燃えていたため、そのかすかな明かりでピエールは、ジプシーの娘が二人の男に捕まってもがいている姿を見てとることができた。男たちは叫び声をあげさせないように娘の口をふさごうとしている。白ヤギは可哀そうにおびえて、角を下にさげ、ただメエメエ鳴くばかりだ。

「夜警隊（当時パリの街を夜間パトロールしていた組織）！　こっちへ来てくれ！」

ピエールは大声で叫んだ。

彼は勇敢にも突進した。娘を捕まえていた男の一人が、ピエールのほうをふり向いた。それはものすごい形相のカジモドだった。

ピエールは逃げだしはしなかったが、カジモドのほうへ一歩踏み出すこともできなくなった。

カジモドは逆にピエールに近づき、太い腕で若い劇作家を敷石の上になぐり倒した。そして、軽々と娘を片腕に抱えて、すばやく闇の中に姿を消した。一緒にいた男もあとを追い、白ヤギも悲しげな声をあげながら女主人のあとを駆けていく。

「助けて！　人殺し！」可哀そうにジプシーの娘は叫び続けていた。

このとき突然、馬のひづめの音がひびき、近くの十字路から一人の騎士が飛び出して、大声を張りあげた。

「やめろ！　悪者ども！　その娘を放すんだ！」

それは王室射手隊の隊長だった。りっぱな両刃《もろは》の剣《つるぎ》をたずさえている。

隊長は、あっけにとられているカジモドの手からジプシーの娘を奪いとると、彼女を鞍《くら》の上に横向きにすわらせた。恐るべきカジモドがはっと我に返って、娘を取り返そうとしたとき、隊長のすぐあとに続いた射手隊の隊員たちが十五、六人、やはり両刃の剣を手にしてその場に到着した。

カジモドは取りかこまれ、捕えられ、縛りあげられた。

一緒にいた男は、どさくさの最中に、どこかへ逃げてしまった。

ジプシーの娘は鞍の上でしとやかに身を起こし、若い隊長の肩に両手を置いて、しばらくじっとその顔を見つめた。隊長のりっぱな顔立ちと、自分を助けに駆けつけてくれた親切な振舞いに心を奪われたようすだった。

若い娘は沈黙を破ってたずねた。

「何というお名前ですか、軍人さん？」

「フェビュス・ド・シャトーペール隊長というんだ、きれいなお嬢さん！」隊長は胸を張って答えた。

「ありがとう」と、娘は言った。

そして、フェビュス隊長が口ひげを指で反り返らせているうちに、娘のほうはするりと馬をすべり降りて、あっという間に姿をかき消してしまった。

第7章　奇跡御殿

ピエール・グランゴワールは、なぐられて路上に倒されたときは気を失っていたが、しだいに意識をとりもどしていった。気がついてみると、彼はどぶのまん中のような場所に横たわっていた。

「乱暴なカジモドのやつめ！」彼は文句を言ったあと、立ちあがり、暗闇の中を歩きだした。

細長い路地のはずれに、ほのかな赤い明かりが見える。ちらちらするその明かりをめざして、何か不気味な人影が進んでいく。ピエールが近づいてみると、それは足が悪くて歩けない者、片腕がなく松葉《まつば》杖《づえ》にすがっている者、やはり杖をついた目の不自由な男などだった。

このとき足の悪い男がピエールに金を求めた。さらに目の悪い男や、両足がないように見えた男まで路上に立ちあがり、行く手をふさいだ。この三人の物乞《ものご》い連中にあとを追われて、ピエールは進んだ。何か恐ろしい悪夢の中を突き進んでいくようだ。物乞いの男たちから逃れようと道を急ぐと、ピエールは大きな広場に出た。夜の暗闇に無数の光が揺らいでいる。

「ここはどこなんだ？」ピエールは立ちどまった。

「奇跡御殿さ！」近づいてきた男が答えた。

昼間はからだが不自由なふりをして、人に物乞いをするのだが、夜になってここへもどってくると、不自由なところなど跡かたもなく消えてしまい、目も手足も〈奇跡のように〉すっかり治っているのである。

ここに集まるごろつきどもは、キリスト教徒やユダヤ教徒など、さまざまな宗派にわたっていたし、聞こえてくる言葉もスペイン語、イタリア語、ドイツ語とさまざまで、さらにはジプシーの言葉も入り交じっていた。

ピエールにつきまとっていた三人の男たちは口々に叫びはじめた。

「ボスのところだ！　ボスのところへ！　ボスのところへ連れていこう！」

大広間のような空間のまん中に火がたかれ、そのまわりにテーブルがいくつも乱雑に置かれていた。火のそばに一つの酒樽《さかだる》が置かれ、その酒樽の上に一人の男が腰をおろしていたが、この男こそ、パリの物乞いのボスであり、〈奇跡御殿〉のボスであった。

ピエールはこのボスの前に引っ張っていかれた。奇跡御殿が一瞬静まりかえった。

第8章　縛り首にされるのか？

「この変なやつはいったい何者だ？」酒樽にすわったボスが声をかけた。

この声の主をピエールは覚えていた。これは今朝ほど裁判所の大広間で、「どうか、お恵みを！」と声を張りあげ、彼の芝居を邪魔した男ではないか。

だがピエールは、この男が宿なし連中のボスだと知って、何かほっとした気分になった。

「ボス……王さま……何とお呼びすればいいのですか？」ピエールはたずねた。

「おまえの好きなように呼ぶがいいさ。それよりも、さっさと自分の言い訳をするがいい」

「言い訳ですか？……ぼくは何も悪いことはしていません。今朝ぼくは……」

「名前を言えばいいんだ。おまえは泥棒王国の仲間でもないくせに、おれたちの王国にはいりこんできた。だから、こちらの裁きを受けるんだ」

「ぼくは作家です……」

「もういい。おまえは縛り首だ。おまえたち街の連中は、おれたちを捕まえたときは何の遠慮もなく縛り首にするじゃねえか。この王国にはいってくるやつらにも、同じような掟《おきて》があるんだ」

「みなさん、みなさんはどうかしています。ぼくは名前をピエール・グラングワールという詩人で、今朝ほど裁判所の大広間で芝居を上演した者です」

「ああ、おまえがあれをつくったのか、先生？」と、クロパンは言った。「今朝おれたちをあんなに退屈させておいて、今夜縛り首にならないというのは勝手じゃないのか？」

　クロパンはさらに続けた。

「どうして、さっさと縛り首にされてしまわないんだ？　おまえたち街のやつらはこんなことに慣れていないからな。さし当たって、この場を切り抜けるチャンスを一つおまえにやろう。おまえはおれたちの仲間になる気はあるのか？」

「もちろんあります」と、ピエールはほっと息をついた。

「心から仲間になると言うのか？」

「心から」

「では、おまえに何ができるか見てやろう。おまえのうしろのロープに人形がぶら下がっているな。小さな鈴がいっぱいについた服を着た人形だ。その服のポケットに財布がはいっている。その財布を探りだし、鈴をチリンともいわせずに財布を抜きとるんだ。鈴がチリンとでも鳴れば、おまえはぶら下げられることになる」

ところが、ピエールが人形の服の、最初のポケットに震える指を突っこむと、服の鈴はうるさいほどに鳴りだした。

「おい、みんな、この若者は何の役にも立ちはしないぞ。やっぱりこいつの首に、縄を掛けるしかないな。さっさと縛り首にしてしまえ」

ピエールを取り押さえていた男たちが、彼を台の上に立たせ、その首にロープを掛けた。

「用意はいいか？」クロパンはたずねた。

ピエールは一瞬恐怖を味わった。

「用意はいいか？」もう一度ボスはたずね、合図を送ろうと両手を開いた。

　間一髪でピエールは万事休すだった。台をはずされれば一巻の終わりだったのだ。

　だがクロパンは合図を送らなかった。

第9章　壺《つぼ》を割る

「おい、みんな、忘れていたぞ」と、ボスのクロパンは言った。「縛り首の男をほしがる女がいるかどうかたずねなければならなかった。男を吊《つ》るすのはそのあと、という掟があったじゃねえか……。やい、若いの、これが最後のチャンスだぞ。おまえはおれたちの仲間の女と結婚するんだ」

　クロパンは酒樽の上に立って叫んだ。

「おい、コレット！　エリザベート！　シモーヌ！……こっちへ来てみろ！　だれかこいつを欲しいやつはいないか？」

　ピエールはこんな情けない状態におかれていたから、あまり魅力的に見えなかったにちがいない。浮浪者たちの女はクロパンの提案にほとんど興味を示さなかった。

　それでも大勢の中から三人の女が出てきて、ピエールの姿をじろじろと眺めた。だが三人ともピエールのことがお気に召さなかったらしい。結局はその場から遠ざかっていった。

「おい、おまえはついていないな」と、クロパンは言い、さらにみんなに向かって、

「こいつを欲しいやつは、もうだれもいないのか？　一、二、三！……」

それから絞首台のロープのほうを向くと、大きく頭でうなずいた。

「よし、これで決まった！　縛り首、決定！」

三人の男がやって来て、ピエールの足もとの台を引き寄せようとした。

このとき、浮浪者たちのあいだから、叫び声があがった。

「エスメラルダだ！……エスメラルダだぞ！……」

ピエールはそれを聞いて身を震わせ、声のするほうにふり向いた。

浮浪者の群れは脇に寄り、清らかな、すばらしい美女のために道をあけた。やはり、ジプシーの娘エスメラルダだった。世にも珍しいこの娘は、奇跡御殿の中にまで、その魅力と美の力をおよぼしているのだ。浮浪者の男も女も、彼女のために列をつくり、彼女から視線を送られると、いかつい顔をほころばせた。かわいいヤギのジャリも、娘のあとをついてくる。

ジプシーの娘は足どりも軽く、縛り首にされようとしているピエールに近づき、黙ったまま一瞬彼を見つめた。

「この人を縛り首にするの？」彼女はまじめな顔つきで、クロパンにたずねた。

「そうだ、あんたが彼を夫にしないかぎりはな」

娘はかわいいふくれっ面をしてみせたあと、こう答えた。

「この人を夫にするわ……」

ピエールは今朝からずっと夢を見ているようだったが、その夢がまだ続いているんだと思った。

首にかけられたロープがはずされ、彼は台から降ろされた。ピエールはその場にぺたりとすわりこんでしまった。それほど感きわまっていたのだ。

ボスのクロパンは、ひと言もいわずに、ワインの大きな壺を持ってきたが、ジプシーの娘はその壺をピエールに差し出しながら言った。

「この壺を地面に投げつけるのよ」

ピエールが投げつけると、壺は四つに割れた。するとボスのクロパンは、片手をピエールの額に、もう一方の手をエスメラルダの額に置いて、こう告げた。

「ピエール・グランゴワール、娘はおまえの妻だ。エスメラルダ、この男はおまえの夫だ。四年間はな。さあ、どこへでも行くがいい」

第10章　初　夜

ほどなく、われらが詩人ピエール・グランゴワールは、しっかり閉ざされた小さな部屋の中にいた。ちゃんとしたテーブルが置かれ、美しいエスメラルダも一緒について来ていた。

だが若い娘は、ピエールのことなどまるで気にならないようすだった。部屋の中を行ったり来たりして、ヤギに話しかけたり、例のふくれっ面をしたりしている。彼女がやっとテーブルのそばにすわったとき、ピエールは感嘆のまなざしで彼女を見やった。

「何てきれいな娘なんだ」と、詩人は思った。「ぼくを夫に選んでくれたんだから、ぼくを気に入ってくれたにちがいない。とにかく、このぼくが彼女の夫なんだからな」

ピエールはその思いにとらわれて、若い娘に近づいた。

すると娘は、後ずさりしながら言った。

「わたしに何をするつもり？」

「どうしてそんなことを聞くんだ、ぼくのエスメラルダ？」

ジプシーの娘は大きく目を見開いた。

「あなたは何を言いたいの？」

「何だって！　ぼくはきみのものじゃないのか、エスメラルダ？　きみはぼくのものじゃないのか？」

ピエールは娘の腰に手を回そうとした。

ところが、ジプシーの娘は彼の手をするりとすり抜けたかと思うと、うしろをふり向いた。いつの間にか短刀を手にしている。誇り高い顔つきで、唇を震わせ、頬を赤くし、怒りで目をきらきらさせていた。小さなヤギも女主人の前に来て、ピエールに金色のとがった二本の角を向けている。

ピエールはわけがわからず、相手を見つめるばかりだった。

「あなたはとてもお行儀が悪いのね」と、エスメラルダは言った。

「申しわけない」と、ピエールはほほえもうと努めながら言った。「でも、いったいどうしてぼくを夫にしたんだい？」

「では、あなたが縛り首になるのを黙って見ていろと言うの？」

「じゃあ、ぼくを絞首台から救おうとして結婚したと言うのかい？」

「ほかにどうしたらよかったと言うの？」

「そうなのか」と、ピエールは唇をかんだ。「やっぱり、きみに礼を言わなければいけないのか。じゃあ、きみの許しがなければ、これからはきみに近づかないと約束する。それにしても、何か食べさせてくれないか」

ジプシーの娘はすぐには返事をしなかった。彼女はちょっとふくれっ面をしてみせたあと、小鳥のように頭をすくっと立てて、急に笑いだした。そして、小さな短刀を素早く、胸もとにしまいこんだ。

まもなくテーブルの上に、黒パン、大きなハム、いくつかのリンゴ、ワインなどが並べられた。

ピエールは猛烈な勢いでがつがつと食べはじめた。若い娘は彼の前にすわって、その姿を眺めていたが、どうやら別のことを考えているようすだった。

リンゴが一つ残っているだけになったとき、ピエールは一人で食べていたことに恥ずかしさを覚えた。

「きみは食べないの、エスメラルダ？」

彼女は、食べないと頭を横に振った。それから、持っていたパンを小さくちぎって、ジャリに差し出した。

「ぼくを夫にする気はないとしても、友だちにする気はあるんだろうね？」ピエールは、最後のリンゴを平らげたあと、思い切ってたずねてみた。

「たぶんね。友情というのは、兄と妹になるようなものだし……二本の指のようなものよ」

「じゃあ、恋は？」

「恋ですって！」彼女は激した口調になった。「それは、男女が一つになることだわ……」

エスメラルダは目を輝かせ、唇にかすかなほほえみを浮かべていた。

「じゃあ、きみに気に入られるには、どんな人間になる必要があるのかな？」

「ちゃんとした男でなくちゃ。わたしを守ってくれるような人でなくちゃ、好きになれない……」

それから若い娘は、また黙り込んだ……。

「そうだ！」突然ピエールは口を開いた。「はじめに聞いておくべきだったんだが、きみはどうやってカジモドから逃れられたの？」

「ああ！　あの恐ろしい男！」若い娘は両手で顔を覆いながら叫んだ。

「どうしてカジモドは、きみのあとを追いかけていたんだ？」

「知らないわ……。でも、あなただって、わたしのあとをつけていたけど、どうしてなの？」

「ぼくにもわからないんだ」

しばらく沈黙が続いた。ジプシーの娘はジャリをなではじめた。

「かわいいヤギだね」と、ピエールが言った。

「わたしの妹なの」と、娘はこたえた。

「ご両親はいるの？」

娘は古い歌のメロディに乗せて歌いはじめた。

　わたしの父は一羽の鳥
　わたしの母は一羽の鳥
　船がなくても川を渡る
　船がなくても海を渡る
　わたしの母は一羽の鳥
　わたしの父は一羽の鳥

「いい歌だね。いくつのときにフランスに来たの？」

「うんと小さいとき」

「パリへは？」

「去年。ところで、わたしはあなたの名前も知らないんだけど」

「ぼくの名前？　知りたければ教えるけれど、ピエール・グランゴワールというんだ」

「もっとりっぱな名前を知ってるわ」と、娘は言ってから、じっと地面を見つめ、「フェビュス」と小声でつぶやいた。それからピエールのほうを向いてたずねた。

「フェビュスって、どういう意味なの？」

　ピエールは胸を張って答えた。

「ラテン語で、〈太陽〉という意味だよ」

「太陽！」娘は叫ぶように言った。

「美男の射手の姿をした神さまだったんだ」と、ピエールがつけ加えた。

「神さまですって！」娘はまたくり返した。その声には、何か物思わしげで、熱烈なものがこもっていた。

　このとき、娘の腕輪が一つはずれて、床に落ちた。

　ピエールがそれを拾おうと急いで身を屈《かが》めた。そしてからだを起こしてみると、もう若い娘とヤギは姿を消していた。

「せめてベッドにはありつけるんだろうな」と、若い詩人はつぶやき、小さな部屋をひと回りしてみた。だが、ベッドに使えそうな家具は、かなり長い木の箱が一つあるだけだった。

「まあいいだろう！」とピエールは言った。「あきらめが肝心だ。それにしても、奇妙な婚礼の夜だなあ。残念なことだ。壺《つぼ》を割る結婚式というのは、素朴で原始的で、気に入っていたんだが……」

第11章　白衣の主日《カジモド》の日

話は急に十六年ほど前にさかのぼる。

一四六七年の白衣の主日《カジモド》（復活祭後の第一日曜日）の朝、ノートル＝ダム大聖堂の正面左手の壁にはめこまれた捨て子用の板に、小さな子どもがのせられていた。

日曜のミサを終えたばかりの未亡人たちが四人、さかんにおしゃべりをしていた。

「ほんとうにかわいらしくない子どもね」

「まるでおばけみたい」

「泣いてばかりいるわ」

「ランス（パリの北東、約百五十キロにある、シャンパーニュ地方の都市）の司教さまから、パリの司教さまへ送られてきたという話よ！」

板の上の子どもは、生まれたての赤ん坊ではなかった。ズックの袋に入れられて、顔しか見えなかったが、その顔はだいぶ不《ぶ》恰好《かっこう》なものだった。目が一つしかなく、もじゃもじゃとした赤毛がたくさん生えている。

まわりに人々が群がってきた。未亡人たちの悪口に耳を傾けていた一人の若い司祭が、前に進み出ると、こう言った。

「わたしがこの子を養子にします」

彼は子どもを僧衣にくるみ、当時修道院に通じていた赤門を通って、たちまち姿を消してしまった。

「いまの若い神父さまは、クロード・フロロとおっしゃるのよ」と、未亡人の一人が言った。

第12章　クロード・フロロ

クロード・フロロは並の人間ではなかった。

彼は子どものときから、聖職につくように両親に決められていた。ラテン語を読むことを教えられ、目を伏せて、小声で話すようにしつけられた。

クロードはまじめな少年で、熱心に勉強し、覚えが早かった。

だから彼は、神学のほかにも、医学や学芸、さらには薬草学などの研究にも打ちこんだ。十八歳の青年クロードには、人生のただ一つの目標は「知識」のように見えたのだ。

ほぼその頃、一四六六年の夏はひどい暑さだったため、伝染病のペストが大流行し、パリやその周辺でも四万人以上の犠牲者が出た。

両親のことを心配して、クロードも実家に駆けつけたが、父や母はすでに死んでいて、残っていたのは、まだ小さな弟のジャンだけだった。

ジャンをふびんに思ったクロードは、どうしても弟を自分の手で育てたいという気持ちがわき起こった。これまで書物しか愛したことのない彼が、人間に対して愛情を抱くようになったのである。ジャンにとってクロードは、兄以上の存在、母親のような存在となった。

クロードの前には、聖職者としての出世の門が大きく開かれていた。

二十歳のとき、クロードは法王庁から司祭に任命された。

前に書いたように、彼は白衣の主日《カジモド》の朝、捨て子用の板のそばを通りかかり、捨て子を連れ去った。未亡人たちにきらわれ、悪口を言われていた小さな子に近づいたのは、自分の弟ジャンのことを思い出したからだ。もし自分が死んだら、弟のジャンも、こんなふうに捨て子の板の上にのせられてしまうだろう。そういう思いに駆られて、クロードは捨て子を育てあげようと心に誓ったのである。

クロードは小さな子に洗礼をほどこし、「カジモド」という名をつけた。

第13章　大聖堂の鐘突き

大聖堂の中だけでカジモドは生き、成長した。彼は大聖堂のどんなに奥深いところにも足を踏み入れていたし、どんなに高いところにもよじのぼっていた。

十四歳で大聖堂の鐘突きになったカジモドに、新しい障害が襲いかかった。鐘の響きで鼓膜が破れ、完全に耳が聞こえなくなってしまったのである。

耳が聞こえなくなってからは、人に笑われるのがいやなために、人前では口をきくまいと、彼は固く決心した。

不運なからだを与えられ、性格が意地悪になってしまっていたが、カジモドは大聖堂があれば十分だった。

大聖堂には聖人たちの石像がたくさんあったが、こうした彫像は彼のことを笑ったりはしなかった。ただ静かにやさしく、彼を眺めているだけだった。

怪物や悪魔の彫像も、カジモドに憎しみなど持っていなかった。聖人たちの石像も怪物たちの彫像も、みんな彼の友だちだった。

自分の母とも言える大聖堂の中で、彼がいちばん愛していたもの、それは全部で十五個ある鐘だった。なかでも、南塔に吊《つ》りさげられた、マリーという名の大鐘が彼のお気に入りだった。

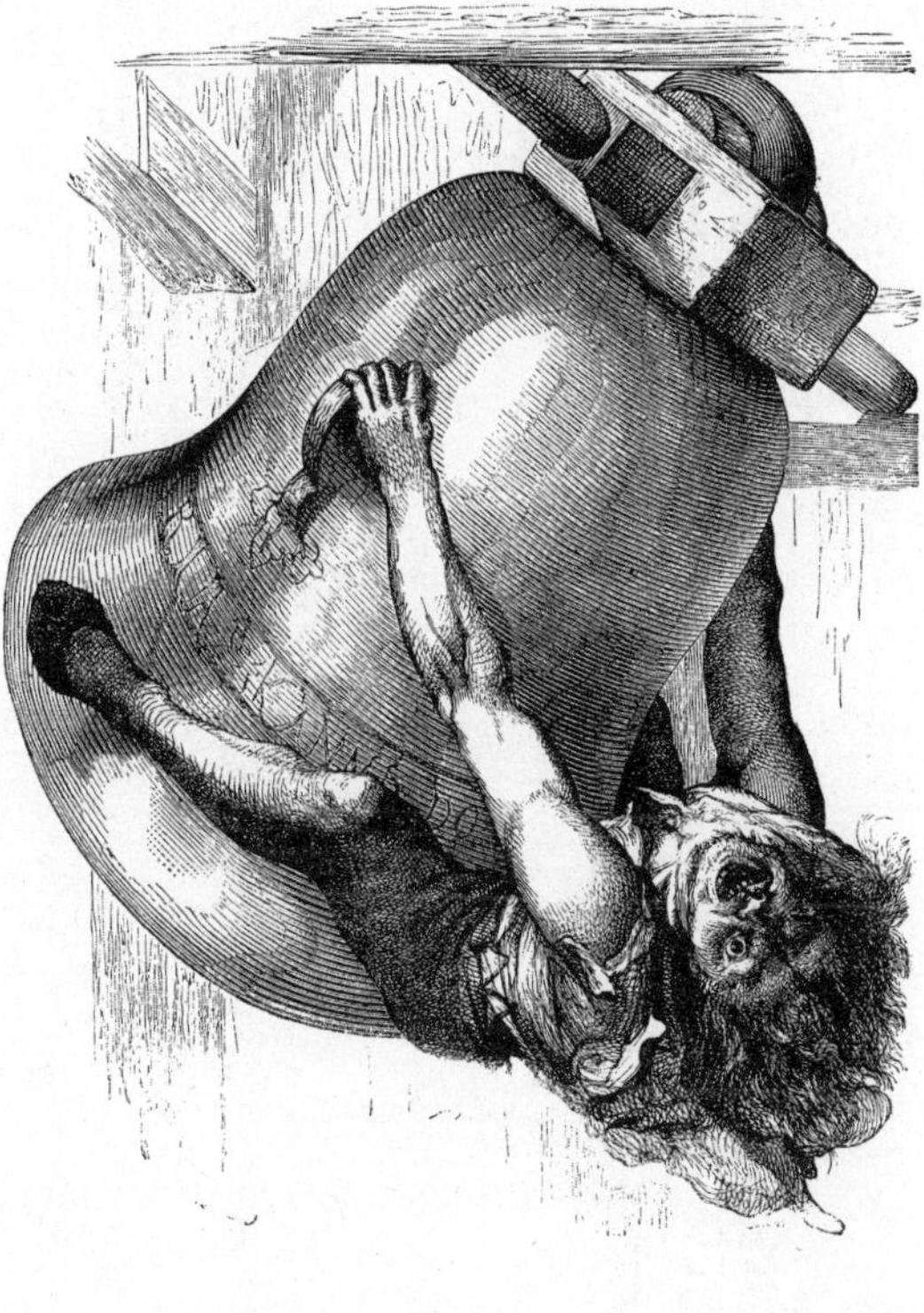

鐘がいっせいに打ち鳴らされる日、カジモドのよろこびようはすさまじいものだった。副司教のクロード・フロロから「さあ、始めるんだ！」と声がかかると、彼はだれよりも早い足どりで鐘楼のらせん階段を駆けあがっていく。

やがて鐘の連打が始まり、塔全体が揺れる。

カジモドは叫び、うなる。髪の毛は逆立ち、胸は大きくはだけ、目は炎を吐き出すかのようだ。夢か、つむじ風か、嵐のようだ。

第14章　犬と飼い主

カジモドは社会の人たちに対し、悪意と憎しみを持っていたが、一人だけ例外がいた。クロード・フロロである。

その理由は簡単だった。クロードが彼を拾いあげ、引きとり、養い、育ててくれたからだ。ほんの小さいとき、悪童たちにはやし立てられて、いつも逃げこんできたのは、クロードのひざの上だった。クロードは彼に、話し方、読み方、書き方を教えてくれた。さらに副司教はカジモドを鐘突きにしてくれたのだ。

だからカジモドは、クロードに深い恩義を感じていた。熱烈で、限りない恩義を。

L. DUJARDIN. S.

養父の顔色はよく曇り、険しくなることがあったが、カジモドの感謝の気持ちは一瞬たりとも揺らぐことがなかった。カジモドは副司教クロードの従順な奴隷であり、きわめて用心深い番犬だった。

鐘突きが可哀そうなことに耳が聞こえなくなったとき、カジモドとクロードのあいだには、二人だけにしかわからない身ぶりの言葉ができあがった。

こうして副司教のクロードは、カジモドが自分の意思を伝えることのできる、たった一人の人間となっていた。カジモドは深く主人を愛していたから、それがクロードをよろこばせることだとわかれば、塔のてっぺんからでも飛びおりたことだろう。

一四八二年、カジモドはおよそ二十歳になり、クロード・フロロは三十六歳になっていた。一方は、成人となり、もう一方は老けこんできていた。

クロードについて加えるならば、彼はきびしく、気むずかしい聖職者になっていた。弟ジャンの教育をやめてしまったわけではなかったが、ジャンのほうはまったく手に負えない、だらしのない弟になっていたので、クロードは人間を愛することに失望し、また学問の世界にもどっていた。

彼は、グレーヴ広場を見おろす北塔に、小さな部屋を整えた。そこはだれもはいれない密室で、彼の許しがなければ、司教でもはいれないという話だった。

しばらく前から、クロードはジプシーたちへの嫌悪をつのらせていた。彼は、ジプシーが大聖堂前の広場で踊ったり、太鼓を叩《たた》いたりするのを禁じる法令を出させた。

だが、大聖堂の界隈《かいわい》では、副司教のクロードも鐘突きのカジモドも、あまり人々から愛されてはいなかった。二人はよく一緒に外出したが、狭い、暗い路地を歩いていくと、悪口や冷やかしの言葉を浴びせられた。

しかし、副司教も鐘突きも、たいてい、こうした悪口に気づかなかった。カジモドは耳が聞こえなかったし、クロードは考えにふけっていたからである。

第15章　カジモドの裁き

一四八二年一月七日は祭りの翌日なので、だれもがけだるい気分に襲われていたが、シャトレ裁判所の法廷には多くのパリ市民がつめかけていた。

傍聴人のなかには、大聖堂の副司教クロード・フロロの弟ジャン・フロロも交じっている。ジャンは、学校の教室以外のところなら、パリのどこにでも姿を見せるのだ。彼は目の前でくり広げられる裁判に、いちいち口を差しはさんでいたが、そのジャンが叫びはじめた。

「こんどはだれだ？　警官が大勢やってくるぞ！　あれは昨日の法王さまだ。道化祭の法王さま、大聖堂の鐘突き、片目で背中にこぶのある、われらの法王、しかめっ面の法王カジモドだぞ！」

ジャンの言うとおり、カジモドがぐるぐる巻きに縄をかけられて登場した。彼は暗い顔つきをして、無言で、おとなしくしていた。

このカジモドの裁判を担当するフロリアン判事は、近ごろ耳が遠くなっていた。判事としてこれは、ちょっとした欠点といえる。それでも、判事はいつも被告の訴えを聞いたふりをして判決をくだしていたし、だいたい裁判官というのは、聞いているふりをしていれば済むのである。

フロリアン判事は、カジモドについて書かれた書類にざっと目を通すと、しばらく考えこむようすだった。こうして彼は、自分の耳が遠いことを見破られないよう用心を重ねるのだ。

「名前は？」判事は鐘突きにたずねた。

カジモドは、どんな質問を受けるか知らされていなかったので、判事の顔をじっと見つめたまま、何も答えなかった。判事は被告が答えたものと思い、尋問を続けた。

「よろしい。年齢は？」

カジモドはこの問いにも答えなかったが、判事は答えをもらったと思って、さらに続ける。

「では、職業は？」

相変わらず答えは得られなかった。だが、傍聴人たちはひそひそと話をしたり、顔を見合わせたりしはじめた。

「けっこう」と、判事は平然と言った。被告が三つ目の質問にも答えたものと思いこんでいたのだ。彼は続けた。

「おまえが訴えられているのは、第一、夜中の騒動。第二、婦女に対する乱暴、第三、王室射手隊に対する反抗などの罪だ。この三点について、弁解するがいい。書記、これまでの被告の言葉を記録しただろうな？」

このあいにくの質問に、会場の聴衆はみんなどっと笑った。それはとても大きな激しい笑い声だったので、耳が悪い二人でも気がつくほどだった。カジモドは背中のこぶをそびやかし、人々を見下げるようにうしろをふり向いた。フロリアン判事もやはり驚いたようすだったが、彼は、被告が礼儀知らずな答弁をしたにちがいないと考えた。

判事はかんかんになって、被告人をどなりつけた。

「ばか者めが！　そんな返事をしていると、縛り首になるぞ！　このわたしをだれだと思っているんだ？」

みずから耳が遠いことを暴露する判事の言葉に、満場の人たちは笑いを爆発させた。

裁判所の職員たちも腹を抱えて笑っている。

カジモドだけが相変わらずまじめくさった顔をしていた。彼はまわりで何が起こったのか、さっぱりわからなかったのだ。

フロリアン判事はますますいら立ち、被告人をおどしつけるしかないと考えた。

そのとき、突然奥のドアが開いて、パリの司法長官ロベール閣下が姿を見せた。

フロリアン判事はすぐさま司法長官に訴えた。

「閣下、ここにいる被告は、裁判官に対してひどい侮辱を行いました。考えられないような侮辱です。どうか、きびしい刑罰を与えてくださるようお願いいたします」

ロベール閣下は顔をしかめ、カジモドに向かって、注意して聞くようにという身ぶりをした。それは明らかに命令するような、はっきり意味のとれる身ぶりだったので、カジモドにもそれがわかった。

司法長官はきびしい口調で問いかけた。

「おまえはいったい何をしでかして、ここにいるんだ、ならず者め!」

哀れな被告は名前を聞かれたのだと思い、いつもの沈黙を破り、しゃがれ声で答えた。

「カジモド」

問いと答えがまるでちぐはぐだったので、またもや大きな笑い声が起こった。ロベール閣下は怒りで顔を真っ赤にして叫んだ。

「おまえはこのわたしまでからかうつもりか、札つきの悪党め！」

「ノートル=ダムの鐘突きです」カジモドは自分の職業を言わなければいけないかと思って答えた。

「鐘突きだと！」朝から機嫌が悪かったロベール閣下は、相手の言葉をくり返した。「鐘突きだと！　それなら、パリの街におまえを引っ張りだして、その背中のこぶをむちで打たせてやろうか？」

「歳のことを知りたいのでしたら、たしかもうじき二十歳になるはずです」と、カジモドは答えた。

この答えは効き目が強すぎた。司法長官はどうにも我慢ができなくなった。

「おまえは司法長官をあざ笑うつもりだな、ばか者め！　おまえをグレーヴ広場のさらし台《ピロリ》に連れていき、ぐるぐる回しながら、一時間、鞭打《むちう》ちの刑に処することにするぞ！」

裁判所の片隅で、大声をあげる若者がいた。副司教の弟ジャン・フロロだった。

「あの鐘突きのやつ、いい裁きを受けたじゃないか！」

だが、それが最終判決ではなく、フロリアン判事がさらし台の刑をもう一時間ふやして、二時間にしてしまった。

第16章　三人のご婦人方

　カジモドの裁判を見学した三人の中年のご婦人方がグレーヴ広場へ向かっていた。三人のうちの二人は、金持ちの商人の奥さんといった装いだったが、もう一人のご婦人はどことなく野暮ったく、服の着こなしもあか抜けていなかった。彼女は太った男の子を連れていた。

　三人の行く手の橋のたもとに人だかりがしていた。タンバリンの音も聞こえる。

「あれはきっとジプシー娘よ。ちょっと見に行きましょう」と、ご婦人の一人が言った。

「ジプシー娘ですって！」男の子を連れたマイエットは、いきなり子どもの腕をぎゅっとつかみ、道を引き返そうとした。「大変！　坊やをさらわれてしまうわ！」

　マイエットは橋から離れようと、河岸《かし》に沿って駆けだした。そのうち子どもがつまずいてひざをついたので、彼女はようやく立ちどまった。連れの二人も、あえぎながらあとから追いついた。

「あのジプシー娘が、あなたの坊やをさらうなんて、あなたもずいぶん変なことを考えているのね？」ご婦人の一人がたずねた。

「ええ、わたしはパケットの身に起こったような目にあいたくないから」と、マイエットは言って、わが子の頭を両手で抱きかかえた。

第17章　パケット

パケットはパリ北東の街ランスで育った。なかなか恵まれた家柄で、父は国王の前で演奏をしたこともある楽師だったが、彼女がごく小さなときに亡くなってしまった。そのため、生活は急に苦しくなった。

パケットはとてもかわいらしい娘になっていたが、そのうち「身持ちがよくない」という噂を立てられるようになり、十六年前女の子を産んだ。そのときはすでに母親も亡くなっていたし、パケットには、世の中に愛する者も愛してくれる者もいなかったから、彼女は子どもを授かったことを心からよろこんだ。

女の子はアニェスと名づけられ、パケットにとって何よりも大切な宝となった。すこしでもお金が手にはいると、アニェスのために何か買ってやるのだった。

なかでもあのかわいい靴と言ったら！　若い母はその靴に刺繍《ししゅう》をして、きれいなリボンをつけてやった。あれほどのかわいいバラ色の靴は、だれも見たことがなかったほどだ！

その頃、ランスの街にジプシーの一団がやって来た。彼らは城門のそばの丘の上で勝手に野宿をし、街の人たちの手相占いをして暮らしていた。

ある日、パケットはアニェスをジプシーの女たちのところへ連れていった。ジプシーの娘たちは、パケットにいいことずくめの話を聞かせ、この女の子にはすばらしい未来が待っていると告げた。

その日の晩、アニェスが寝入ったあと、母親はジプシーの女たちから聞いたことを隣の家の奥さんにしゃべりに出かけた。パケットはだいぶ長いあいだ隣の家で過ごしてしまった。

そして自分の家にもどってみると、扉は大きく開け放たれていた。ベッドに駆け寄ったが、そこも空っぽだった！

「わたしのアニェス！　わたしのアニェスはどこへ行ったの！」

パケットは通りという通りを捜し回った。息をはずませ、髪をふり乱し、夢中になって駆け回った。

すると、近所の女の人が教えてくれた。パケットが留守のあいだ、二人のジプシーの女が包みを腕に抱えて部屋にはいり、それから急いで逃げていったと……。

パケットの部屋から赤ん坊の泣き声のような声が聞こえていた。彼女が中に飛びこんでみると、そこにはあのかわいいアニェスとは似ても似つかぬ、四歳ぐらいの小さな男の子が床をはい回っていた。足が悪くて、片方の目がつぶれている。

ジプシーの女たちがこの男の子を置いて、アニェスをさらっていったにちがいない。ランスの大司教がその後、この男の子をパリのノートル=ダム大聖堂に送るよう手配したのである。

この二、三日の出来事で、パケットの髪の毛はまっ白になってしまった。いつの間にか、彼女の姿は街から消えていた。

第18章　ロラン塔

グレーヴ広場の西側に、セーヌ川の河岸と角をつくる古風なロラン塔が建っている。一階正面の片隅には、金網で覆われた聖務日課書（カトリック教会で用いられる祈禱書）が置かれていて、そのそばに一階の小部屋の明かりとりが見える。

この小部屋の出入り口は壁でふさがれ、広場に面した明かりとりがわずかな空気と光を中に送りこむだけだった。だが、むかしから、深い悲しみや憂いにとらわれて生きる女性がこの小部屋に住みつき、通行人が明かりとりの縁に置いてくれるパンと水だけで命をつないでいた。

パリの人たちはこの洞穴みたいな暗い部屋を〈ネズミの穴〉と呼んでいたが、当時その〈ネズミの穴〉に住みついていたのは、ギュデュールという修道女だった。ギュデュールは長年この部屋にこもっているため、〈おこもりさん《ラ・ルクリューズ》〉と呼ばれていた。

例の三人のご婦人がたはロラン塔のそばまで来ていた。〈ネズミの穴〉の明かりとりから、中をのぞきこむと、何とも言いようのない悲惨なありさまが目に映った。

狭苦しい部屋の、はだかの石畳の片隅に、〈おこもりさん〉がすわっていた。両腕を組んで、ひざをしっかり胸のあたりに押しつけている。褐色の僧服にすっぽりくるまったその姿は、何か幽霊を思わせた。

〈おこもりさん〉が目を注いでいる部屋の片隅には、バラ色のサテン地でこしらえた小さな靴が置かれていた。

「わたしはあの人がパケットだと思う」と、地方の街ランスから出てきたマイエットは言った。

第19章　さらし台《ピロリ》の上で

グレーヴ広場のさらし台のまわりには、まだ朝の九時だというのに、多くの見物人がむらがっていた。〈さらし台〉というのは、石と木でできた大きな台の上に、車輪のような道具をのせたものである。罪人がこの車輪に結わえつけられると、車輪はゆっくりと回される。すると、まわりに集まった見物人は、どの方向からでもつぶさに罪人の姿を眺めることができるのだ。

とうとう荷車にくくりつけられて罪人がやって来た。この男がさらし台の上に引きあげられたとたん、笑い声と拍手にまじって、すさまじいやじがわき起こった。罪人がカジモドだとわかったからである。

前日、道化祭の〈法王〉に祭りあげられた人物が、今日はさらし者にされているのだ。

カジモドは、ぐるぐる回る車の上にひざまずかされた。裸にされているため、胸のこぶのふくらみや、毛むくじゃらの肩がむき出しになっている。

大きな喚声がわき起こるなか、刑の執行人が登場し、まずさらし台のすみに黒い砂時計を置いた。右手にほっそりとした鞭《むち》を持っている。鞭の先には、金属製の爪のついた皮紐《かわひも》が何本ものびている。車が回りだした。

いきなり刑の執行人は腕をふりあげ、カジモドの肩にはっしと鞭を打ちおろした。カジモドはぴょんと飛びあがった。それから、驚きと苦痛で、顔じゅうの筋肉を激しく引きつらせた。

二度、三度と、鞭は襲いかかってくる。やがて、鐘突き男の黒い肩のあたりから、血がほとばしり、細い糸になって流れ落ちる。さらし台の車は回り続ける。

しばらくすると、カジモドの顔からびっくりしたような表情は消え、そこにはもはや悲痛と絶望の色しか見えなかった。彼は目を閉じ、顔を胸に埋めてしまった。

だが刑はこれで終わったわけではなかった。さらにもう一時間、人の目にさらされる判決を受けていたから。

物見高く底意地の悪い見物人たちは、鐘突き男を哀れむどころか、逆にあざ笑い、悪口を浴びせ、呪いの声まであげるのだった。

カジモドの顔に絶望の暗い影がただよったとき、人混みをかき分けて、一人の司祭が近づいてきた。その姿が目にはいったのだろう。哀れな鐘突き男の顔はやわらいだ。ふしぎな微笑まで浮かべている。

ところが、罪人の顔がわかるところまでさらし台に近づいたとき、急に司祭は目を伏せ、いきなり歩く方向を変えてしまった。

この司祭は副司教のクロード・フロロだった。

カジモドの顔は、前よりもいっそう黒い雲に覆われた。それから突然、また必死の力で縛られたからだを揺り動かした。彼をのせているさらし台全体がぐらぐら揺れた。

「水をくれーい！」カジモドがイヌのほえ声のようなしわがれ声で、どなった。

みんなはいっせいに笑いだした。石を投げつける者もいる。

「水をくれーい！」あえぎながら、カジモドがまた叫び声をあげた。

人波が左右に開くのが見えた。奇妙な身なりをした娘がそこから出てきた。娘はかわいらしい白ヤギを連れ、タンバリンを手にしている。

前の晩カジモドがさらおうとした、あのジプシー娘だ。彼は、この娘もきっと仕返しにやって来たのだ、と思った。

ジプシー娘は足早に階段をのぼってくる。そして、押しだまったまま、カジモドに近づいてきた。

娘はなんと、ベルトから水筒をはずし、その口をそっと、哀れな男のかわき切った唇に当てがった。

すると、いままであれほど乾き燃えていたカジモドの目に、大粒の涙が浮かび、ゆっくりと頬を伝って流れ落ちるのが見えた。

カジモドは飲むのすら忘れている。ジプシー娘はじりじりして、例のかわいいふくれっ面をしてみせたが、それでもにっこりほほ笑んで、水筒を彼の口に押しあてた。

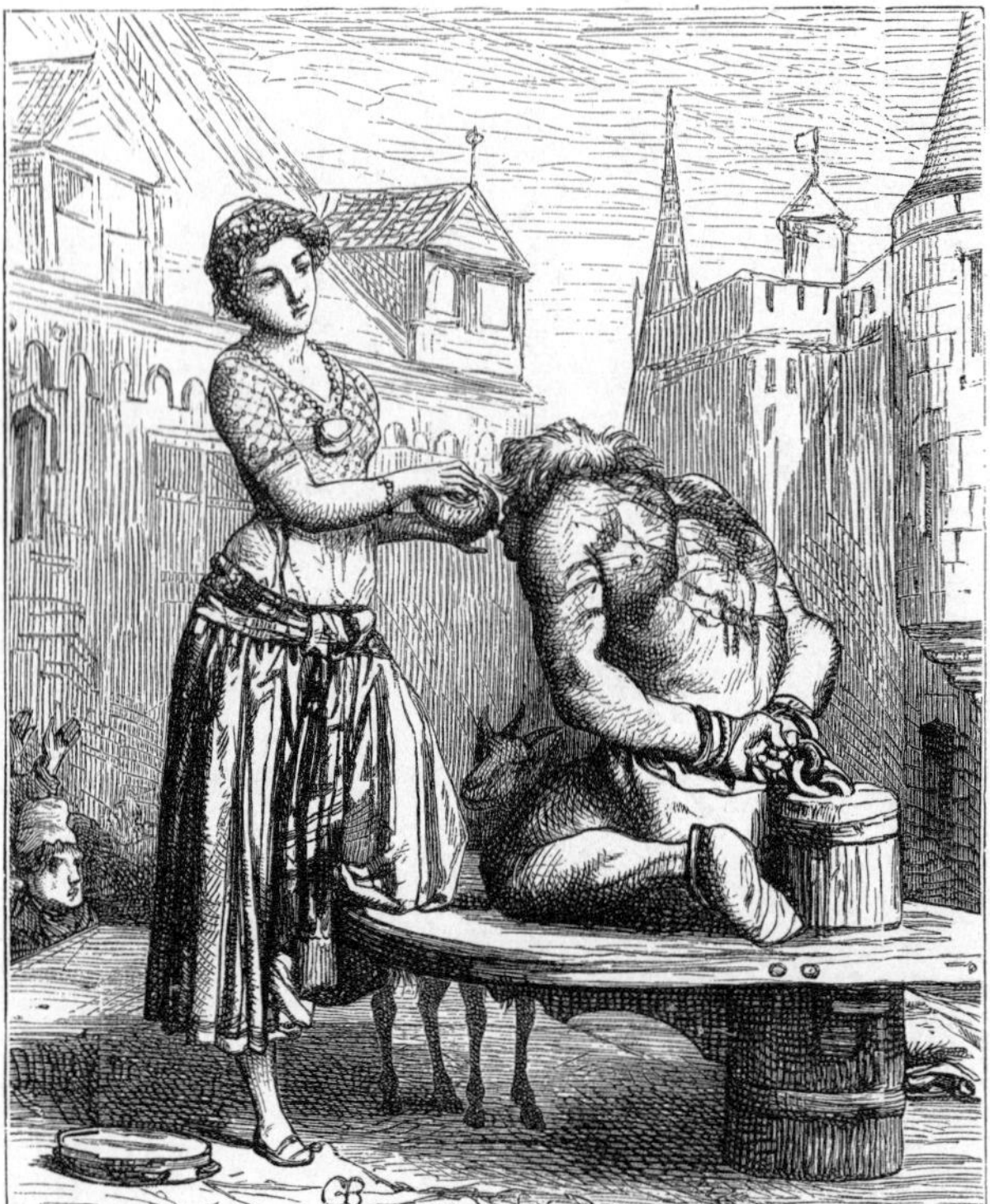

彼はごくり、ごくりと、何度も水を飲みこんだ。のどが焼けつくように渇いていたのだ。

ぴちぴちとした、清らかで魅力的な美しい娘が、これほどやさしい気持ちから、みじめさと不《ぶ》恰好《かっこう》のかたまりみたいな男を助けに駆けつける光景は、ほんとうに感動的としかいいようがなかった。

さしもの群衆も感激をあらわにして、「いいぞ！　いいぞ！」と叫びながら、手を叩《たた》きはじめた。

このとき、〈おこもりさん〉は〈ネズミの穴〉の明かりとりから、さらし台の上にいるジプシー娘の姿に気づき、不気味な呪いの言葉を浴びせかけた。

「呪われるがいい、ジプシー娘め！　呪われて、くたばるがいい！」

第20章　ヤギに秘密を打ち明ける危険

時は、三月初めの夕方近く。場所は、ノートル=ダム大聖堂の正面広場に面した大邸宅のバルコニー。

ゴンドローリエ家の娘フルール・ド・リスと、友だちの若い娘たちが無邪気に笑ったり、話し合ったりしていた。

室内の広間の奥には、ゴンドローリエ夫人がりっぱな肘掛《ひじか》け椅子にすわり、その脇にはかなり高慢ちきな顔をした青年が立っていた。王室射手隊のきらびやかな服装を身につけている。時おり老夫人が低い声で話しかけると、青年はできるだけ愛想よくこたえていたが、その態度はどことなく堅苦しかった。

青年は、フルール・ド・リスの婚約者で、王室射手隊の隊長フェビュスだった。

バルコニーに出ていた七歳の女の子が、みんなに知らせた。

「ほら、ほら、見て！　広場できれいな踊り子が踊っているわ。みんなにかこまれて、タンバリンを叩きながら！」

「気ままな暮しを送っているジプシーの娘かなんかでしょう」と、フルール・ド・リスはこたえ、さらにフェビュスに向かって話しかけた。「フェビュスさん、あなたは二か月ほど前、夜警をしていたとき、ジプシーの娘さんを助けてやったと話していなかった？　いま広場で踊っているのは、そのときの娘さん？」

バルコニーに出てきたフェビュスはその質問に答えて、

「うん、あのヤギがいるから、あのときの娘さんです」

「ジプシーの娘さんを知っているなら、ここに上がってくるように手招きをしてください」と、フルール・ド・リスはフェビュスに言った。「そうしたら、みんながよろこぶから」

フェビュスはバルコニーから身を乗り出して叫んだ。

「娘さん！」

ジプシー娘は声がした方角に頭をふり向けたが、そのきらめく視線がフェビュスをとらえると、急にすくんだように動きをとめた。

「娘さん！」もう一度フェビュスは叫び、上がってくるように合図した。

彼女は真っ赤に頬を染め、タンバリンを脇にかかえて、フェビュスが呼んでいる家の戸口へと、おずおずと進んできた。

やがてジプシー娘は、部屋の入り口に姿を現した。まだ顔を赤らめ、うろたえたようすで息をはずませている。

だが、サロンに集まった若い娘たちは、ジプシーの娘の美しさに、みんな押し黙ってしまった。ジプシー娘が、たとえようもないほど美しく、光輝くばかりだったので、若い娘たちはたちまち嫉妬《しっと》心を覚えていたのだ。

フェビュスは自分のほうからジプシーの娘に近づいていき、

「きみはぼくのことを覚えている？」と、たずねた。

「ええ、もちろん」と、彼女は答えた。

「記憶力がいいのね」フルール・ド・リスがつぶやいた。

「でもきみは、あの晩、ずいぶんすばやく逃げだしちゃったね。あれは、ぼくが怖かったから？」またフェビュスがたずねた。

「いいえ、ちがいます」と、ジプシーの娘ははっきりと答えた。

このとき、主人を捜しにサロンにやって来たヤギがみんなの目を引いた。

「まあ、この子ヤギは金の足をしている！」七歳の女の子が叫んだ。

フルール・ド・リスは、ヤギの首にぶらさがっている、刺繡《ししゅう》をした小さな革の袋に気づいてたずねた。

「これは何なの？」

ジプシーの娘は大きな目を彼女のほうに向けて、まじめな顔をして答えた。

「それは、わたしの秘密です」

ところがそのとき、ゴンドローリエ夫人がいらいらしたようすで立ちあがって、

「娘さん、あなたもヤギも踊らないのなら、いったい何をしにここに来たの？」

ジプシーの娘は夫人の問いに答えず、ゆっくりと戸口へ向かった。

「おいおい」と、フェビュス隊長が叫んだ。「そんなふうに帰るもんじゃない。ときにきみは何という名前かね？」

「エスメラルダです」と、踊り子は彼から目を離さずに答えた。

その変な名前を聞いて、若い娘たちはどっと笑った。

小さな女の子は、みんなの気づかぬうちに、ヤギを部屋の片隅に連れてきていた。

彼女は、ヤギの首に吊《つ》るされた小さな袋をはずし、その中身を敷物の上に開けてしまっていた。それはツゲの木に刻まれたアルファベットの木片だった。

女の子が驚いたことに、敷物の上に散らばったアルファベットを、ヤギは金の足で一つの言葉にならべ変えた。

フルール・ド・リスも駆け寄り、身震いした。そこには、

PHŒBUS（フェビュス）

と書かれていたのだ。

「これが秘密だったのね！」フルール・ド・リスはつぶやいた。

そして、どっと泣きだしたあと、気を失ってその場に倒れこんだ。

「まあ、娘や！　しっかりして！」母親はおろおろして叫んだ。「さっさと出ておゆき、ジプシーの娘は！」

エスメラルダはあっという間に、この不運な文字を拾い集め、ジャリに合図をして、戸口から出ていった。

フェビュス隊長はしばしためらうようすだったが、結局はジプシー娘のあとを追っていった。

第21章　聖職者と詩人が二人連れになると

　副司教のクロード・フロロは、毎日、日の暮れる前に一時間ほど、大聖堂の塔の階段をのぼり、自分の小部屋に閉じこもるのだった。この日はタンバリンとカスタネットの音が聞こえてきたので、彼は一瞬のうちに塔の頂上にのぼっていた。

　足もとにはパリ全市が広がっていたが、クロードには、大聖堂広場の、石畳の一点、つまりジプシーの娘の顔しか目にはいらなかった。

　踊り続けるジプシー娘のまわりには、見物人が押しかけていた。黄色と赤の派手な上着を着こんだ一人の男が、踊り子のそばを動き回ったり、近くの椅子に腰をおろしてヤギをなでてかわいがったりしている。

「あの男はいったい何者なんだ？」

　クロードはらせん階段を通って下に降りはじめた。鐘楼の扉の前を通るとき、ふと中をのぞくと、カジモドがひさしのすき間から下の広場を見つめていた。鐘突きは物思いに沈んでいたので、養父のクロードにはまるで気がつかなかった。カジモドの目は、いつもとちがって、よろこびとやさしさをたたえていた。

　クロードはそのまま階段を降り、塔の下のドアから広場に出た。そこにはもうジプシー娘の姿はなく、黄色と赤の上着の男しか残っていなかった。この男は、ネコをのせた椅子を歯でくわえ、懸命に大道芸を演じようとしていた。

「おや、ピエール・グランゴワール君じゃないか。こんなところで何をしているんだ？」副司教がたずねた。大道芸の男はバランスを失い、その場に倒れこんだ。

副司教は彼に合図をして、薄暗くなった大聖堂の中へ導いた。

「こちらへ来たまえ、ピエール君。きみは二か月ほど前から姿を見せなくなったが、そんな派手な上着を着こんで、いったいどうしたんだ？」

「先生」と、ピエールは哀れな声をあげた。「こちらも、その日その日を生きていかねばなりません。友だちになった浮浪者仲間から、いろいろな芸を教わって、どうしても稼がなければならないのです」

「なるほど。でもきみは、どうしてあのジプシーの踊り子と一緒にいるようになったのだ？」

「それは、彼女がぼくの妻で、ぼくが彼女の夫だからです」

副司教は陰険な目を輝かせた。

「なんだと！ そんなことまでしでかしていたのか？」クロードは怒ってピエールの腕をぎゅっとつかんだ。

「とんでもない、先生。誓って言いますが、ぼくは彼女に指一本触れていません」

ピエールは、奇跡御殿での出来事や、壺《つぼ》を割った結婚のことを手短に副司教に語った。クロードは話を聞いて、しだいに怒りを静めていた。

「夫にも指一本触れさせないとは、どういうことだ？」

「彼女の迷信なんです。あのジプシー娘は捨て子だったようで、首にお守りをかけています。あのお守りをかけていれば、いつか自分の両親とめぐり合えると思っているのですが、夫とベッドを共にすれば、お守りの力がなくなってしまうと信じているのです」

「するときみは、あの娘がどんな男も近寄らせなかったと思っているんだな？」

　クロードの顔はどんどん晴れやかになっていた。

　ピエールは副司教の矢継ぎ早の質問に答えたうえ、ジプシーの娘がヤギに言葉まで教えこんでいると話して聞かせた。「フェビュス」という言葉のならべ方を、二か月ほどでヤギに教えこんだと。

「フェビュスだって！　どうしてフェビュスなんだ？」副司教がたずねた。

「知りません。でも、ジプシーたちは太陽を崇拝していますからね」

　クロードは何か考えるようすだったが、急に大股《おおまた》で、大聖堂の真っ暗なアーケードの下に姿を消した。

第22章　アナンケ〈宿命〉

三月二十九日の晴れた朝、若い学生のジャン・フロロは、服を着ようとして、ポケットに入れてあった財布が空っぽであることに気づいた。

「仕方がない。兄貴のところへ行くことにしよう。お説教をくらうだろうが、すこしは小遣いにありつけるだろう」ジャンはつぶやいた。

　大聖堂に着くと、ちょうど教会の人が中から出てきたので、ジャンはたずねた。

「副司教さまはどちらにおいでになりますか？」

「塔のご自分の小部屋にいらっしゃると思います」

　兄の小部屋を訪れたことのないジャンは手を叩《たた》いてよろこんだ。

「しめた！　有名な魔法の部屋とやらにお目にかかるチャンスだぞ！」

　すぐさま若い学生は北の塔をのぼりはじめ、鐘楼を通り抜けたあと、小さな踊り場に出た。

「やれやれ！　ここにちがいない」

　ドアが半ば開いていたので、ジャンはそっと頭を突っこんでみた。

　日の射さない部屋の片隅に、大きな机と大きな肘掛《ひじか》け椅子が置かれ、机にはコンパス、蒸溜器《じょうりゅうき》、骸骨《がいこつ》がのせられ、床には地球儀が転がっていた。

ÁNATKH
LIV

肘掛け椅子の左側には大きなかまどがあって、その付近には錬金術の道具やら何やら、さまざまな器が乱雑に置かれていた。

ジャン・フロロは、肘掛け椅子に腰をおろしているはげた頭の男が兄であるとわかっていたが、すぐには声をかけなかった。副司教は物思いに沈みこむようすだったが、時おりうわごとのように長い言葉をつぶやいた。

それから突然、副司教は立ちあがり、コンパスを手に取って、壁の上に大文字でつぎのギリシア語を刻みつけた。

アナンケ〈宿命〉

「兄貴は頭がおかしくなったな」と、ジャンは心の中でつぶやいた。

そしていまここへやって来たかのように、ドアのうしろでわざと足音を立てた。

「はいりたまえ！」部屋の中からクロードが叫んだ。「待っていたんだ」

ジャンは大胆にも中に足を踏み入れた。

副司教はこの部屋を弟に見られたくなかったので、あわてふためいた。

「なんだ！　おまえだったのか、ジャン！　何をしに、ここへ来たんだ？」

「兄さん、お願いがあって来たんです……。じつは、お金をすこしばかり……」

「おまえにはいろいろと困っているんだ」と、副司教は冷たい口調で言った。

ジャンは作戦を変えて、兄にたずねた。

「兄さん、壁に書いてあるあのギリシア語の意味を、ぼくも知っているけど」

「どの言葉だ？」

「〈アナンケ〉という言葉」

「ほほう、ジャン、それでその意味は？」

「〈宿命〉です」

ジャンはこのあと、ラテン語も知っているとねばったが、兄のクロードは〈働かざる者食うべからず〉という格言を持ちだして、弟に小遣いを渡そうとしなかった。

だが、このとき、階段をのぼってくる足音が聞こえた。

副司教は声を落とし、弟に命じた。

「いいか、ジャン。裁判所の検事がお見えになる。おまえはここで見たり聞いたりしたことを、決してしゃべってはいかん。さあ、早くかまどの下に隠れて、静かにしているんだ」

ジャンはかまどの下に隠れ、妙案を思いついた。

「わかった、兄さん、声を立てないから、小遣いをお願い！」

「しっ！　静かに！」そう言って、副司教は怒った顔つきで、ジャンに財布を投げて寄こした。

第23章　ジャン、隊長を誘う

しばらくして副司教と検事が出ていくと、ジャンもかまどから出て、兄の財布を手に部屋をあとにした。そしてらせん階段を駆け降り、大聖堂の広場に出た。ゴンドローリエ家の屋敷の前で、何か叫んでいる男がいる。それは、ジャンが顔見知りのフェビュス隊長だった。

「やあ、フェビュス隊長、何をどなっているんだい？」

「いやあ、ジャン君か」と、隊長はジャンと握手を交わした。「いま、そこのゴンドローリエ家のお嬢さんたちと別れてきたのだが、あの上品ぶったお嬢さま方と別れたあとは、いつもこうしてだれかれかまわず、ののしり声をあげたくなってしまうんだ」

「どうだい、これから一杯飲みに行かないか？」ジャンが聞いた。

「いいねえ。でも、こちらには金がないよ」

「金ならおれが持っている」

「まさか！　それなら、見せてみろ！」

ジャンは胸を張って、隊長の目の前で財布をひろげた。

「ほんとうだ！　金貨も銀貨も銅貨もあるぞ！　まぶしいくらいだ！」隊長がつぶやいた。

二人はすぐさま酒場に向かったが、うしろから副司教が追ってきていることには気づいていなかった。

副司教は、検事を置き去りにし、暗く血走った目つきをして、二人のあとをつけていた。あの男が、詩人のグランゴワールが言っていたフェビュスなのか？

ジャンと隊長は大声で話をしていたから、どんな話もまわりに丸聞こえだった。通りの曲がり角までやって来たとき、近くの十字路のほうからタンバリンの音が聞こえてきた。

「しまった！　いま、あのジプシー娘には会いたくないんだ」と、隊長は言った。

「あの娘を知っているのか、フェビュス？」と、ジャンはたずねた。

隊長はジャンの耳もとに口を寄せ、小声で何かささやいた。

「ほんとうに？」ジャンが聞き返した。

「もちろんさ」と、フェビュスは答えた。

「それは今晩？」

「今晩さ」

「彼女はほんとうに来るのか？」

「来るに決まってる！」

「フェビュス隊長、きみはまったく幸せな警備兵だね！」

副司教は二人の会話をすっかり聞いてしまった。彼は歯ぎしりをしたあと、全身を震わせた。それからまた、よろけるように、二人のあとをつけはじめた。

第24章　外套《がいとう》をまとった幽霊

有名な居酒屋〈イヴのリンゴ〉は大学地区の街角にあった。

夜、このあたりはすっかり暗くなっていたが、店の前には一人の男が行ったり来たりしていた。外套のフードを目深にかぶり、たえず店の中をのぞきこもうとしている。

とうとう戸口が開き、酔っ払いが二人外に出てきた。

「おい、ちゃんとまっすぐに歩くんだ、ジャン！　もうすぐ七時だぞ。おれは娘と会う約束があるんだ」

「それなら、こちらにかまわないで、どんどん行ってくれ！」

「ときに、ジャン、もう金は残ってないのか？　おれはサン・ミシェル橋のたもとで娘と会うことになっているんだ。橋のそばのファルールデルばあさんの宿では、どうしても部屋代がいる。お願いだ。もう一文も残っていないのか？」

フェビュス隊長が強く相手を押したはずみで、酔っ払ったジャンは敷石の上に倒れこんだ。そして、たちまち高いびきをかいて、ぐっすり寝込んでしまった。隊長は仕方なくその場を立ち去った。

外套をまとった幽霊のような男は、すこしためらうようすだったが、やがて隊長のあとを追いはじめた。

しばらくすると、フェビュス隊長は、何者かが自分のあとをつけてくるのに気づいた。

「ばかなやつだ！　おれは一銭も持っちゃいないのに！」彼はつぶやいた。

フェビュスは勇敢な隊長だった。だが、幽霊のようにゆっくりと近づいてくる男を見ると、ぞっとした気分に襲われた。

ところが、その外套をまとった幽霊は、外套の下から手をのばして隊長の腕をがっしりと押さえた。

「フェビュス・ド・シャトーペール隊長！」

「なんだって！　きさま、おれの名前を知っているのか！」

「おまえの名前だけじゃない。おまえは今夜七時、女と会うことになっているんだな」

「そうだ」と、びっくりしてフェビュスはこたえた。

「サン・ミシェル橋のたもとの宿で」

「そのとおりだ」

「女の名は……？」

「エスメラルダ」

この名前を聞くと、幽霊男はつかんだ相手の腕を激しく揺すった。

「フェビュス・ド・シャトーペール隊長、おまえはうそつきだ！」

うそつき呼ばわりされて、隊長は怒り心頭に発した。

「よくも言ったな！　さあ、剣を抜け！」

だが、外套の男は身じろぎもせずに、こう言った。

「きみは女との約束を忘れている。まずは、約束の場所に行くんだ」

隊長はすこし当惑した面持ちで言った。

「それでは、きさまとの勝負は明日にあずけて、まずは女に会いに行くことにしよう。……しまった！　忘れていたが、部屋代を払う金が一銭もないんだ。こちらは宿のばあさんにぜんぜん信用がないし……」

「これで払っておくがいい」

フェビュス隊長は一枚の大きな硬貨を握らされるのを感じた。

「かたじけない！　きさまはなかなかいいやつだな！」

「ただし、一つ条件がある。その女が、ほんとうにきみが言った名前の女か顔が見えるように、どこか近くにわたしを隠してくれないか」

「ああ、それならお安いご用だ。サント・マルトの部屋を借りるから、隣の部屋からでも、好きなだけ見るがいい」

二人の男はサン・ミシェル橋へ向かった。

フェビュス隊長の連れの男は、しばらく前からひと言も口をきかなくなった。

隊長は宿の低い入り口の扉を乱暴にノックした。

ドアはすぐに開いて、一人の年老いた女が、古ぼけたランプを手にして出てきた。

宿の中も、女主人に負けず劣らず傷みが激しかった。

「サント・マルトの部屋を」と、隊長は言って、女主人に硬貨を渡した。女主人はすぐさまその硬貨を引き出しにしまいこんだ。

部屋の隅にいたぼろ服の小さな男の子が、女主人が背中を向けているすきに、引き出しの硬貨をつかみ取り、代わりに枯葉を一枚中に入れた。

女主人は二人の客を二階に案内し、棚の上にランプを置いた。

「さあ、はいれよ」と、フェビュスは連れの男に言った。外套の男は一言も発せずに、言いなりになった。

ほどなく、フェビュスが女を迎えに階段を降りていく足音が聞こえた。

第25章　セーヌ川に面した窓

クロード・フロロは十五分ほど待っていた。その間、彼は一世紀も歳をとってしまったような気がした。

突然、木の階段を踏み鳴らす音が聞こえた。ドアの大きなすき間から、隣の部屋のようすがすっかり見てとれる。最初にランプを手にした女主人、つぎがフェビュス隊長、そして三人目が美しいエスメラルダだった。

クロードはぶるぶるとからだを震わせた。もう何も見えず、何も聞こえない感じだった。

彼が正気にもどったとき、フェビュスとエスメラルダは木箱の上に腰かけていた。みすぼらしい部屋の奥に、簡素なベッドが置かれている。

若い娘は顔を赤らめ、おろおろとして、胸を高鳴らせていた。士官は顔を輝かせていた。娘の足もとは見えなかったが、そこにはヤギがうずくまっていた。

クロードはこめかみに血がのぼり、二人の話がよく聞きとれなかった。だが恋人同士のおしゃべりは、いつの時代もそれほど変わるものではない。

「わたしのことを軽蔑《けいべつ》したりなさらないで、フェビュスさま。わたしは良くないことをしてしまって」

「きみを軽蔑するだって！　それはまた、どうして？」

「あなたのあとについてきたから。それは誓いを破ることになるんです……。両親にも会えなくなって……お守りも効き目がなくなってしまう……。でもいいわ、もう父も母も必要ないから」

エスメラルダはしばらく黙りこんだあと、涙を一つぽろりとこぼし、ため息をついた。

「フェビュスさま、あなたを愛しています」

隊長はこの言葉を聞いて勇気をもらったように、娘の腰に腕を回した。

クロードはこのようすを見て、胸に隠し持っていた短刀の先端に指でそっと触れた。

ジプシー娘は力のこもった隊長の手をやさしくベルトからはずしながら言った。

「あなたはいい方ね。気前がよくて、ハンサム。あなたはわたしの命を救ってくださった。あなたのフェビュスというお名前も、美しいお名前だわ。その名前が大好きです。あなたの剣も」

「子どもだなあ！」と隊長は言って、ほほえみながら鞘《さや》から剣を抜いてみせた。

ジプシー娘が剣をこまかく眺めていると、フェビュスはその美しい首筋にキスをした。すると娘は、サクランボのように頬を染めて、首を起こした。

副司教は暗闇の中で歯ぎしりをした。

　隊長はまた娘のそばに来て腰をおろしたが、前よりずっと身を寄せていた。

「フェビュスさま、わたしを愛してくださる？　わたしを愛しているって、あなたに言ってもらいたい」

「きみを愛しているさ、ぼくの天使さん！」ひざまずかんばかりにして、隊長は叫んだ。

「きみを愛しているとも。きみよりほかに、愛したことなどなかったくらいだ」

　フェビュス隊長はこれまで何度もこのセリフをくり返してきたにちがいない。彼はすらすらと一気にこの文句を口にしていた。それでも娘は、幸せいっぱいの視線を上に向けてつぶやいた。「ああ、もう死んでもかまわないわ！」

「死んじゃうなんて、とんでもない！」隊長は大声をあげた。「いまこそ生きるべきときなんだ。ぼくがきみを、世界でいちばん幸福な人にしてやろう……」

　しばらく前から、娘は楽しい物思いにふけって、彼の言葉をちゃんと聞いていなかった。

「きみは幸せになるよ！」

　フェビュスはそうささやき続けながら、ジプシー娘のベルトをはずした。

「何をなさるの？」

　一度娘は、相手の乱暴な行動に激しく文句をつけたが、その後また物思いに沈み、黙りこんでしまった。

隊長は彼女がおとなしくなったので、ふたたび大胆になり、娘の胴着の紐《ひも》をそっとほどいた。襟飾りもはずれて、美しい肩があらわになっている。

娘はフェビュスのなすがままになっていたが、突然隊長にたずねた。

「あなたの宗教を教えてくださる？」

「ぼくの宗教だって！」隊長は笑いだした。「ぼくの宗教を聞いてどうしようというんだい？」

「わたしたちが結婚するためよ」と、娘は答えた。

「なんだって！ 結婚するのかい？」

ジプシー娘は青ざめた顔になり、悲しげにうつむいてしまった。

突然フェビュスは娘の襟飾りをはぎとった。娘も不意に隊長から飛び離れたが、すっかりあらわになった自分の首や肩に目をやると、恥ずかしさで顔を赤く染め、どぎまぎして口をつぐんでしまった。また、美しい両腕を組んで、胸を隠している。

このとき、娘が首にかけているふしぎなお守りが隊長の目に触れた。

「これは何だい？」

「さわっちゃだめです！」娘は強く命じた。「これはわたしのお守りです。わたしがこの身を清らかに守っていれば、これが家族に会わせてくれるんです。だから、わたしを放して、隊長さん！　お母さん、お母さんはどこにいるの？」

　フェビュス隊長はうしろにさがって、冷たい口調で言った。

「お嬢さん、するときみはぼくを愛していないんだね！」

「わたしがあなたを愛していないですって！」不幸な娘は大声をあげ、隊長にぶらさがるようにして、彼を自分のそばにすわらせた。「何ということをおっしゃるの！　わたしのフェビュス！　それなら、あなたのお好きなようになさって。わたしは、あなたのものよ。お守りなんかどうでもいい！　お母さんのこともどうでもいい！　わたしはあなたを愛しているんだから！……わたしをしっかり抱いて！　すべては、あなたのものよ。でも、わたしのことを愛して！　わたしたちジプシーの女には、大気と恋だけが大切なものなのだから」

　ジプシーの娘はフェビュスの首に腕を回し、下から嘆願のまなざしを向けた。その瞳《ひとみ》には涙がたまっていたが、顔には美しい微笑を浮かべている。

　フェビュス隊長はなかば酔ったように、その燃える唇を娘の美しい肩に押し当てた。若い娘は、背中を下にしてぼんやりと天井を見あげ、このキスに胸を震わせていた。

突然、フェビュスの頭の上に、もう一つ別の顔が現れた。青ざめて引きつった顔、地獄の苦しみを味わった者の顔だ。この顔のすぐそばに、短刀を握った手が見えたが、それはあの副司教の顔と手だった。

この恐ろしい人物の出現に、若い娘は声もなく凍りつき、身動き一つできなかった。彼女は、短刀がフェビュスに向かって振りおろされ、血しぶきをあげて引き抜かれるのを目にした。

「ちくしょう！」と、隊長は叫び、床に倒れた。

娘は気を失った。

意識をとりもどしたとき、娘は夜警の兵士に取りかこまれていた。血にまみれた隊長はどこかへ運び去られ、副司教も姿をかき消していた。部屋の奥の窓は、セーヌ川に面していたが、大きく開け放たれていた。一着の外套《がいとう》が見つかったが、隊長のものだろうと考えられた。娘のまわりでは、みんながこうささやいていた。

「隊長を刺したのは魔女だよ」

第26章　エスメラルダの裁き

ピエール・グランゴワールと、奇跡御殿の人々はみんな、ひどく心配していた。たっぷり一か月も前から、エスメラルダがどうなったのか、その消息がつかめていなかった。また彼女のヤギがどうなったかもわからないので、ピエールの悩みはいっそう深まっていた。

ある日、彼は悲しげな面持ちで、パリ刑事裁判所の前を通りかかると、入り口付近に人だかりがしていた。

「これは何ですか？」彼は若者の一人にたずねた。

「よく知らないけれど」と、若者は答えた。「士官を殺した女の裁判があるらしい。背後に魔法がからんでいるらしいので、司教や裁判所の検事も出席するようだよ」

ピエールは群衆のあとに続いて階段をのぼりはじめた。憂うつな気分を晴らすためには、こんな刑事裁判でも見物するしかない。どうせ裁判官たちは面白いへまをやらかして、見物人を笑わしてくれるはずだから。

法廷の広間は広くて薄暗かった。机の上にはろうそくが灯《とも》され、記録をとる書記たちの頭を照らしていた。広間の前方には、見物の群衆がつめかけ、右側と左側には法服を着た裁判所の人たち、正面奥にはたくさんの裁判官が並んでいたが、いちばん後列は暗闇に包まれていた。

壁には無数のユリの花が描かれており、裁判官の上部には、大きなキリスト像がぼんやりと見えていた。あちこちに、槍《やり》や矛を持った男たちが立っている。

「あそこのまん中で、汗を流している赤ら顔の太った男はだれですか？」ピエールは隣の男にたずねた。

「裁判長ですよ」と、男は答えた。

「では、その左側の、太った黒ネコみたいな人は？」

「宗教裁判所検事のジャック・シャルモリュ先生です。そばにいるのも宗教裁判所の人たちです」

「なるほど。でも、被告の姿が見えませんね？」

「それが、女なんです。背を向けているので、顔は見えませんが、あそこの矛が立っているところのそばにいる女です」

「その女ってだれなんですか？　名前をご存じですか？」

「知りません。でも、魔法が関係しているようですよ。宗教裁判所の人たちが顔を出していますから」

　ピエールがこうして隣人と話を交わしているとき、広間の中央では、一人の老婆が重要な供述をはじめるところだった。

「裁判官のみなさま、これから申し上げることは、わたしがファルールデルという老婆であるのと同じく、まったくほんとうのことなのです。わたしは四十年も前から、サン・ミシェル橋のたもとに住みつき、年金も税金もきちんと納めてきました。

　ある晩のこと、入り口の扉を叩《たた》く音がするので、扉を開けると二人の男性がはいってきました。

一人は黒ずくめの服を着ていて、もう一人はりっぱな士官さんでした。黒衣の方は目しか見えませんでしたが、ぎらぎらと輝いていました。外套とフードですっぽり身を包んでいましたから。お二人は「サント・マルトの部屋を」と言いました。二階のいちばんきれいな部屋です。それで一エキュの銀貨をくださったので、わたしはすぐに銀貨を引き出しにしまいました。二階の部屋につくと、わたしが背中を向けているあいだに、黒服の方は姿を消してしまいました。それですこしびっくりしたんですが、士官さんがりっぱな方なので、わたしは士官さんとまた一階に降りてしまいました。

士官さんは外に出かけられましたが、しばらくするとお人形のようにきれいな娘さんともどってきました。娘さんは一匹のヤギを連れていました。それでわたしは考えたんです。娘さんのことはどうでもかまわない。でも、ヤギとなると！　わたしはヤギがきらいだし、何か魔女の集会を思わせますし。でも、わたしは何も言いませんでした。お金をもらっていましたからね。

わたしは娘さんと士官さんを二階の部屋にあげ、二人だけにしました。例のヤギは一緒でしたけど。申しあげておかなくてはなりませんが、わが家の部屋は一階と二階にわかれ、それぞれ裏側はセーヌ川に面しているんです。

二人が二階に上がってかなり時間が経ったとき、急に叫び声が聞こえました。そして、何かが床に倒れるような音と、部屋の窓が開く音が聞こえました。わたしが一階の窓に走っていくと、目の前を黒いかたまりが落ちていき、そのまま川へ飛びこんでいくのが見えました。僧服を着た幽霊みたいでした。

わたしはすっかり恐ろしくなって、夜警の人を呼びました。この夜警の人たちと二階に上がってみると、部屋はあちこち血だらけで、士官さんは首に短刀を突きたてられ長々と倒れていました。

もう一つ、いちばん悪いことに、娘さんは死んだふりをしており、ヤギはおびえていました。あの翌日、引き出しにしまったあの銀貨をとり出そうとしたら、そこには銀貨はなく、一枚の枯葉がはいっていたのです」

老婆が口をつぐんだ。見物席で恐怖のつぶやきが走った。

「その幽霊とか、ヤギとか、みんな魔法くさいぞ！」

「その枯葉もそうだ！」

「こいつはきっと魔女が怪しい僧服の男とぐるになって、士官たちをおとしめようとしているんだ」

このとき、特別検事が立ちあがって発言した。

「ファルールデル婆さん、あなたは悪魔から銀貨をもらい、それを枯葉に変えられたらしいが、その枯葉をここへ持ってきましたか？」

「ええ、ここにあります」

枯葉は裁判長の手に渡され、さらに宗教裁判所検事の手に渡った。

「これは魔術の新しい証拠だな」と、その検事は言った。

このとき王室特別検事が口をはさんだ。

「わたしは短刀で刺された隊長の供述をみなさんにお知らせしておきたい。この隊長の供述によると、黒服の男、つまり僧服を着た怪しい男が彼に近づいてきたとき、怪しい男は被告の娘と親しく言葉を交わしたかったようだ、と言っています。そしてこの隊長の意見では、彼自身は金を持っていなかったのだが、黒服の男からエキュ銀貨をもらったので、ファルールデル婆さんにはその銀貨を払った。つまりその金は地獄の銀貨だったわけです」

特別検事はさらにひと言いい添えた。

「みなさんは、このフェビュス・ド・シャトーペールの供述を大いに参考にしていただきたい」

その名前を聞くと、被告の娘は立ちあがった。見物人たちの上に、その顔が現れた。それがエスメラルダであることに気づいて、ピエールはびっくり仰天した。

彼女は青ざめた顔をしていた。なんということだ！

「フェビュス！」取り乱して、娘は叫んだ。「あの人はどこにいるの？　裁判官の皆さん、どうかお願いです。わたしを殺す前に、あの人がまだ生きているか、教えてください！」

「黙るんだ、娘よ。そんなことは関係ない」と、裁判長は言った。

「どうかお願いです、あの人が生きているかどうか、教えてください！」娘はやせた両手を合わせてくり返し聞いた。

「それなら教えてやろう」と、特別検事が冷たく答えた。「隊長はいま死にかかっているよ。きみは満足かね？」

裁判長は取次ぎ係を呼んで、第二の被告を会場に連れてくるように命じた。

小さな扉から、金色の足のかわいいヤギが姿を見せた。ヤギはすぐエスメラルダを見つけ、机の上を飛んで、娘のひざの上にうずくまった。

「ほら、このいやらしいヤギです」と、老婆のファルールデルは言った。「娘とヤギの両方とも、はっきりと見覚えがあります」

「よろしければ、ヤギの尋問にとりかかろう」と、宗教裁判所検事ジャック・シャルモリュが言った。

当時は、魔法の裁判で、動物を訴えるというのはごく当たり前のことだった。

シャルモリュはさらに叫んだ。

「このヤギにとりついている悪魔が、いつまでも魔法をやめなければ、われわれはこの悪魔を絞首台か火刑場に送らざるを得ない」

ピエール・グランゴワールは冷たい汗が出てきた。彼は黙って見ていることができず、大声で叫んだ。

「ヤギが殺されてしまうぞ！　こいつは自分が何をしているのか、知らないのに」

「そこの隅のほうにいる、不作法者、静かにしたまえ！」取次ぎ係がしかった。

シャルモリュはタンバリンまで持ってきて、ヤギに日付や月をたずねた。法廷の見物人たちは、ヤギの無邪気な芸当に対し、魔法の力を感じて恐怖に襲われた。ヤギは悪魔となってしまった。

　美しい踊り子のエスメラルダは、いまはもう死んだようになっていた。

　裁判所の係員が彼女を揺り動かし、裁判長が声を張りあげた。

「娘よ、おまえはいつも呪文《じゅもん》を唱えているジプシーの一族の者である。おまえは去る三月二十九日の夜、いまここにいる、魔法をかけられたヤギと共謀して、暗闇の中で怪しげな術を使い、王室射手隊の隊長フェビュス・ド・シャトーペールに短刀をふるい、殺害しようとした。これでも、おまえはあくまでやっていないと言うのか？」

「ひどいわ、わたしのフェビュス！　ああ、地獄だわ！」

「やってないと言うのか？」裁判長は冷ややかにたずねた。

「やっていません！」彼女は声を張りあげた。

　裁判長はすぐ反論した。

「それなら、おまえが告発されている、さまざまな事実を、どのように申し開きをするんだ？」

「それは、前に申し上げたとおりです」と、娘はとぎれとぎれに答えた。「それは、聖職者なのです。名前も知らない聖職者で、わたしにつきまとう恐ろしい聖職者です！」

「そいつだな。怪しい僧服の男というのは」と、宗教裁判所検事は言った。

「ああ、裁判官のみなさん！　お願いです！　わたしはつまらぬ娘にすぎません……」

「ジプシーのな！」裁判官が言った。

　ジャック・シャルモリュ検事はやさしげな口調で言った。

「被告の娘は強情に犯行を認めようとしないので、わたしは拷問にかけることを要求します」

「よろしい」と、裁判長は言った。

　哀れな娘は全身を震わせた。それでも係員の命令にしたがって立ちあがり、裁判官たちのあとに続いて裁判所の門を出た。門はすぐに閉ざされた。

　ピエール・グランゴワールは、この門が彼女をのみこむ恐ろしい口に思えて、すっかり悲しい気分に沈みこんだ。

　娘の姿が消えると、ヤギの悲しげな鳴き声が聞こえた。鳴いていたのは、もちろん彼女のヤギ、ジャリだった。

第27章　拷問室

昼でも薄暗い廊下の階段を何度ものぼったりくだったりしながら、エスメラルダは不気味な部屋に入れられた。部屋は丸い形をしていたが、それは古い塔の中にあったからである。この穴倉のような部屋に窓はなかった。それでも室内がけっこう明るかったのは、壁にかまどがつくられ、火が赤々と燃えていたからだった。

そのかまどからもれる光で、囚人の娘は、部屋に置かれた恐ろしい道具を目にした。何に使うのかもわからぬ恐ろしげな道具を。

この地獄のような部屋は、ただ「拷問室」と呼ばれていた。部屋のベッドの上に、拷問係がむぞうさにすわっていた。

哀れな娘は、勇気をふるい起こすことができなかった。こんな部屋に引き立てられて、ただただ恐ろしかったのだ。

部屋の一方には、下級裁判官たちが、もう一方には宗教裁判所の司祭たちが並び、部屋の片隅に、書記が一人すわっていた。

宗教裁判所のシャルモリュ検事が、やさしそうな微笑をたたえ、ジプシー娘に近づいた。

「きみはあくまでも、知らないと言うのか？」

「はい」と、娘は消え入りそうな声で答えた。

「では、いっそうきびしく尋問せざるを得ない。さあ、このベッドにすわるがいい」

シャルモリュの合図で、係の男が娘をベッドにすわらせた。

「医者はどこにいる？」シャルモリュがたずねた。

「ここにおります」と、そのときまで娘が気づかなかった黒服の男が答えた。

エスメラルダは身震いした。

「お嬢さん《マドモアゼル》」と、またやさしい声を出して検事がたずねた。「これが最後だが、訴えられている事実を、きみはあくまで知らないと言うのか？」

娘は頭を横に振って、知らないと答えた。

「では仕方ない」と、シャルモリュはいい、「足かせをはめよう」

係員がいまわしい道具の置物をあさりはじめた。恐ろしい鉄の道具がガチガチとぶつかる音を聞くと、不幸な娘はぶるっとからだを震わせた。

だが、拷問係の男は、有無を言わせず、娘の美しい足に鉄板の足かせを取りつけた。足かせを締めつけるジャッキもそばに置いた。

「これをはずしてください！　お慈悲ですから！」

娘はベッドから飛びおりて、検事の足もとに身を投げようとした。だが足かせのために身動きできず、その場に倒れこんだ。

「どうだ、ありのままに白状するか？」落ち着き払って、検事はたずねた。

「わたしは無実です」

「では、まったく知らぬと言うのか？」

「まったく！」

「よし、回せ！」シャルモリュは拷問係に命じた。

　拷問係はジャッキの柄を回した。しだいに足かせは締まり、娘は人間の声とは思えないような叫びを発した。

「やめろ！」シャルモリュは係に命じ、「では白状するのか」と、ジプシー娘に聞いた。

「どんなことでも！」哀れな娘は叫んだ。「なんだって白状します！　白状します！　どうかお許しを！」

「おまえに言っておかなくてはならないが」と、検事は言った。「白状するとなると、死刑はのがれられないぞ」

「望むところです！」息も絶えだえに彼女は言った。

　シャルモリュは声を張りあげた。

「ジプシーの若い娘、おまえは魔女や吸血鬼の集会に参加したことがあるな？」

「はい」

「では、去る三月二十九日の夜中、俗に幽霊と呼ばれている怪しい僧服の男に助けを借りて、フェビュス・ド・シャトーペールという隊長を傷つけ、殺害しようとしたことを白状するか？」

「はい」と、彼女は答えた。

明らかに、からだも心も、すべて打ちのめされていたのだ。

第28章　判　決

娘が青ざめた顔をして、法廷の広間にもどってくると、いっせいによろこびのつぶやき声が彼女を迎えた。

すっかり夜になっていた。ろうそくの光がぼんやりと周囲を照らすだけで、すべてが霧に包まれているようだった。

エスメラルダはもとの場所に連れていかれた。

シャルモリュ検事は、いかにも裁判官然としたようすで自分の席につくと、まず口を開いた。

「被告人の娘は、すべて白状いたしました」

裁判長が続いて発言した。

「ジプシーの娘、おまえは自分のおこなった魔法も、フェビュス・ド・シャトーペールの殺害も、すべて白状したのだな？」

エスメラルダは胸が張り裂けそうだった。暗闇の中で、彼女のすすり泣く声が聞こえた。

「すべて、みなさんのお好きなように！　でも、早くわたしを殺してください！」衰弱した声で彼女は言った。

「宗教裁判所検事殿、論告をどうぞ」と、裁判長が言った。

シャルモリュ検事は叫ぶように言った。

「みなさん、この裁判には悪魔《サタン》がまぎれこんでいます。ほら、ご覧いただきたい！」

こう言って、検事はかわいいヤギを指さした。するとヤギは、検事の仕草を見て、同じようにやればよいと思いこんでいたのか、後ろ脚で立ちあがり、一所懸命にシャルモリュの演説のまねをはじめた。ところがヤギはすぐさま四本の脚をしばりあげられてしまった。

検事はさらにしゃがれ声を張りあげた。

「こういう次第ですから、われわれはつぎのことを求刑します。第一に、相応の賠償金を支払うこと。第二に、ノートル=ダム大聖堂の正面入り口で自らの罪を認めること。第三に、この吸血鬼およびヤギをグレーヴ広場で処刑すること。以上の判決を要求します」

裁判官たちはその場で投票することになった。彼らは〈帽子を持ちあげて〉賛意を表明した。

冷ややかな声で、裁判長は判決を言い渡した。

「ジプシーの娘よ、国王がお決めになる日の正午、おまえはノートル＝ダム大聖堂の正面入り口に連れ出される。下着一枚に素足のまま、首に縄をかけられた姿でな。おまえはそこで自らの罪を認め、そのあとはグレーヴ広場に連れていかれ、そこの絞首台で首吊《くびつ》りの刑に処せられるのだ。おまえのヤギも同じように処刑される」

「ああ！　夢だわ！」エスメラルダはつぶやいた。だが、荒々しい手がのびてきて、彼女のからだをどこかへ運び去ってしまった。

第29章　地下牢《ちかろう》での告白

絞首刑を言い渡されたエスメラルダが閉じこめられたのは、裁判所の地下牢だった。彼女はこんな場所に連れて来られ、暗闇の中に閉じこめられていた。この娘が太陽の光を浴びて、笑いながら踊っている姿を見たあとで、こんな状態に置かれているのを知ったとしたら、だれしも身震いしたことだろう。彼女は一つの水差しと、一切れのパンのそばにうずくまり、もはや苦しいということさえ、感じなくなっていた。

ここに閉じこめられてからというもの、エスメラルダは目を覚ましているわけでも、眠っているわけでもなかった。昼と夜の区別だけでなく、起きているのか寝ているのかの区別もつかなくなっていたのだ。

そんなある日、彼女の頭上から赤みがかった光が射しこんで、扉がきしる音が聞こえた。目を開けると、階段の下に大きな角灯が置かれ、一人の男が目の前に立っていた。フードつきの黒い外套《がいとう》が男の足もとまで垂れ、同じ黒い覆面で顔を隠していた。

娘が先に沈黙を破って、たずねた。

「あなたはどなた？」

「聖職者だ」

その言葉、調子、声のひびきを聞くと、娘はぶるっと身を震わせた。

相手は声を落とし、言葉を区切るように、

「準備はできているのか？」

「何の準備？」

「死の準備だ」

「まあ！　それはすぐなの？」

「明日だ」

「ずいぶん時間がかかるんですね！　どうして今日やらないんでしょう？」

聖職者はちょっと沈黙したあと、たずねた。

「すると、きみはとても不幸なんだな？」

「わたしはとても寒いんです」と、娘は答えた。歯がカチカチ鳴っていた。

聖職者はフードの下から地下牢を眺め回すようすだった。

「明かりもなければ、火もない！　おまけに水びたし！　恐ろしいところだ！」

「ええ。だれにも昼間があるのに、どうしてわたしには、夜しかないんでしょう？」

またすこし沈黙したあと、聖職者はたずねた。

「きみは、どうしてここにいるのか知っているのか？」

「知っていたと思います。でも、いまはわからなくなりました……。わたしはここから出たいんです。寒くて、怖くて……」

「では、わたしについてきなさい」

聖職者は彼女の腕をつかんだ。

「まあ！」と、彼女はつぶやいた。「この手は死人の手のように冷たい。あなたはいったい、どなたなの？」

　聖職者はフードを取った。彼女は相手をじっと見つめた。

「まあ！　あの神父さん！」娘は叫び、手で目を覆って、身を震わせた。

「そんなにわたしが恐ろしいのか？」

　彼女は答えなかった。

「そんなにわたしが恐ろしいのか？」彼はくり返した。

「そうです……。神さま、この人がいなければ、わたしは幸せだった！　この人が、わたしをこんな地獄に投げ入れたんです。この人が殺したんです……。彼を殺したんです！　わたしのフェビュスを！」

　娘はすすり泣きながら、神父を見すえた。

「ああ、ほんとうに見下げ果てた人！　あなたは何者なの？　わたしがあなたに何をしたと言うの？　すると、わたしを憎んでいるのね？」

「きみを愛しているんだ！」副司教は叫んだ。

　急に彼女の涙がとまった。彼女はぽかんとした目つきで相手を見つめた。

「聞いているのか？　きみを愛しているんだ！」また副司教は叫んだ。

「何という恋でしょう！」

「地獄に落ちた者の恋だ……。話を聞いてくれ。おまえにはすべてを話して聞かせよう。おまえに会うまで、わたしは幸せだった……」

「わたしも！」彼女は弱いため息をついた。

「まあ、黙って話を聞いてくれ。そうだ、わたしは幸せだった。ところが、ある日のこと、わたしは個室の窓に寄りかかって、本を読んでいた。窓は広場に面していた。タンバリンと音楽が聞こえてきて、広場のまん中で一人の女が踊っていた……。ああ！　それがおまえだったのだ。わたしはうっとりと、酔ったようにおまえを見つめた。すると突然、恐怖で身が震えた。運命にとらえられたように感じたのだ。

おまえは歌も歌った。その歌は踊りよりもさらに魅力的だった。わたしは逃れたいと思ったが、できなかった。その日からというもの、わたしの心には見知らぬ女性がすみついてしまった。書物とわたしのあいだにも、いつもおまえや、おまえの影が浮かんだ。おまえの歌がいつも聞こえ、わたしの頭の中で鳴りひびいていた。

わたしはもはや、したいこともできなくなった。おまえと同じように、さすらいの旅を続けるようになった。わたしはおまえがどんな女か知っていた。エジプトやボヘミアなどをさまよい歩くジプシーの娘だ。つまり、魔術の力に縛られている。わたしは裁判に訴え出れば、魔法の力から逃れられると思った。

わたしはまず、おまえがノートル＝ダムの広場に来ることを禁じようとした。だが、おまえはまたやって来た。そこでわたしは、おまえを誘拐しようと考えた。ある夜、おまえと二人きりになったとき、あのいまいましい士官のやつがやって来て、おまえを逃がしてしまった。こうして、おまえの不幸と、わたしの不幸とあの士官の不幸がはじまった。わたしはどうしてよいのかわからず、宗教裁判所におまえを訴え出た。この訴訟を続けるのもやめるのも、いつでも自分が決めればいいと、わたしは思っていた。だが宿命はわたしよりもずっと強かった。ああ、何ということだ！　おまえをとらえたのは、まさに宿命なのだ！

ある日、一人の男がおまえの名前を口にし、笑いながら、わたしの前を通りかかった。わたしは男のあとをつけていった。その先のことは、おまえも知ってのとおりだ」

エスメラルダは一つの言葉しか発しなかった。

「ああ、わたしのフェビュス！」

「その名を口にしてはならぬ！」副司教は娘の腕を乱暴につかんだ。「その名を言ってはならぬ。ああ、われわれはみじめなものだ！　その名が、われわれを破滅させたのだ！……わたしの心の中には、冬と、氷と、絶望しかない。わたしがどれほど苦しんだか、おまえは知っているのか？　おまえの裁判に立ち会ったし、宗教裁判所の椅子にもすわっていた。おまえが拷問を受けたときも、あとをつけていった。おまえが叫び声をあげたときは、黒服の下で隠し持っていた短剣で、自分の胸を突き刺した」

彼は自分の黒服を開いた。その胸はじっさいトラの爪の攻撃を受けたように引き裂かれ、脇腹に大きな傷口が開いたままだった。

「ああ、娘よ、わたしを哀れんでくれ！……こんなわたしを哀れと思ってくれ！」

副司教は敷石の上を流れる水の中を転げ回り、石段の角に頭を打ちつけた。

娘は相手が黙ってしまうと、小声でくり返した。

「ああ、わたしのフェビュス！」

副司教は両ひざをついて娘のほうに近づいた。

「お願いだ、すこしでも情があるならば、わたしを拒まないでくれ！　わたしはおまえを愛している！……おまえが望むなら、われわれは幸福になれるんだ！　二人で逃げよう！　わたしがおまえを逃がしてやる！」

娘は恐ろしいまでの笑い声を立て、副司教の言葉をさえぎった。

「まあ、見て、神父さん！　爪を立てたあとに血がついているわ！」

副司教はしばらく立ちすくみ、自分の手をじっと見つめた。

それから、ふしぎなほどやさしい口調で、

「わたしを侮辱しても、あざ笑ってもいい！　だが、一緒に来るんだ。さあ、急ごう。明日だぞ。グレーヴ広場の絞首台は知ってるな。あそこの準備はできている。恐ろしいことだ！　おまえが囚人護送車に乗せられていくのを見ることは！　よいか、明日だぞ！　明日、絞首刑になるんだ！　だから、逃げるんだ！」

娘はじっと相手を見すえたまま、

「わたしのフェビュスはどうなったの？」

副司教は娘の腕を放して、

「おまえは情け容赦がない！」

「フェビュスはどうなったの？」娘は冷たくくり返した。

「彼は死んだ！」

「死んだですって？　それなのに、わたしには生きろと言うの？」

副司教は彼女の言葉を聞いていなかった。

「そうだ、彼は死んだにちがいない。刃《やいば》は深くはいったからな。刃の先は心臓にも届いたはずだ！」

若い娘は怒り狂うトラのように副司教に飛びかかり、ものすごい力で彼を階段に押し倒した。

「出ていくがいい、怪物め！　出ていって、人殺し！　わたしを殺して！　わたしたち二人の血で、おまえの額に消えない汚点《しみ》をつけてやる！　おまえのものになるなんて、まっぴら、ごめんです！　どんなことがあっても、たとえ地獄に落ちても、一緒になんかならない！」

副司教は階段でよろめいたが、それでもゆっくりと階段をのぼり、ドアをあけて出ていった。

するとまた急にドアが開き、彼は怒りと絶望の入り混じったあえぐような声で叫んだ。

「おまえに言っておくが、あいつは死んだ！」

娘はうつぶせに倒れた。地下牢《ちかろう》にはもはや、闇の中にしたたり落ちる水滴の音しか聞こえなかった。

第30章　母

五月のある朝、太陽は真っ青な空にのぼっていた。ロラン塔の〈おこもりさん〉ギュデュールの耳に、グレーヴ広場の馬車のきしむ音と鉄具のこすれる音が聞こえてきた。

彼女は、この十五年いつくしんできた小さな靴を、またじっと眺めた。この小さな靴は、彼女にとって宇宙だった。

その日の朝、彼女の苦しみの声はふだんより一段と激しく響くように思えた。わが身を嘆き悲しむ、声高で単調な声が塔の外まで聞こえていた。

「ああ、娘よ！　可哀いそうな小さな娘！　わたしはもうおまえに会えないのね……。

わたしはなんてひどい母だったのだろう。あの日、外に出かけたなんて！……神さま！　神さま！……わたしは十五年も神さまにお祈りして、ひざもこんなにすりむけてしまいました……。あの子を、一日でも、一時間でも、たった一分でも、わたしにお返しください！　そして、たった一度でよいから、この靴を、あの子のかわいいバラ色の足にはかせることができたなら、わたしは死んでもかまいません！」

独房のような小部屋でギュデュールが神に祈りを捧《ささ》げていると、外を駆け回る子どもの一人が叫んでいた。

「今日はジプシーの娘が首吊《くびつ》りにされるんだぞ！」

〈おこもりさん〉は、グレーヴ広場に向いている明かりとりのほうに駆け寄った。なるほど、いつも備えつけられた絞首台のそばに梯子《はしご》が立てられ、そのまわりには人が群がっていた。

ギュデュールは、明かりとりのそばに据えられた聖務日課書の脇に立っている神父に気づいた。神父は聖務日課書を読んでいるふりをしていたが、見るからに絞首台のほうに気をとられていた。神父はときどき、絞首台に暗く、抑えがたい視線を投げている。彼女はそれがフロロ副司教であるとわかった。

「神父さま、だれがあそこで首を吊《つ》るされるのですか？」と彼女は聞いた。

副司教は彼女を見やったが、返事をしないので、ギュデュールは同じ文句をくり返

した。すると、

「わたしは知らない」と、副司教は答えた。

「さっき子どもたちは、ジプシーの娘だと言っていましたよ」

「そうかもしれない」と、副司教は言った。

するとギュデュールは残忍な笑いを爆発させた。

「修道女《マ・スール》さん、あなたはジプシーの女たちがきらいなんだね？」

「きらいですとも！　あの人たちは吸血鬼で、人さらいなんです！　あの人たちはわたしのかわいい子を食べてしまった！　わたしのたった一人の子どもを！」

彼女の形相は恐ろしかったが、そのギュデュールを副司教は冷たく見つめていた。

「彼らのなかでも、わたしがとくに憎んでいる女、わたしが呪いをかけた女が一人いるのです」と、ギュデュールは続けた。「そいつは若い娘で、わたしの娘がそのまま大きくなっていたら、ちょうど同じくらいの年恰好《としかっこう》の娘なのです」

「そうなのか、修道女《マ・スール》さん！　では、よろこぶがいい」と、副司教は墓地の彫像のように冷ややかな口調で言った。「これからあなたの目の前で吊るされるのは、その娘なんだ」

副司教はゆっくりとその場を立ち去った。

〈おこもりさん〉はよろこんで腕をくねらせた。

「あいつに前から言っていたとおりだ。おまえは絞首台にかけられるよって！　ありがとう、副司教さま！」

彼女は髪をふり乱しながら、燃えるような目つきで、明かりとりの桟《さん》の前を、大股《おおまた》で歩きはじめた。

第31章　生きていたフェビュス

こうしているあいだ、フェビュスは死んではいなかった。こうした種類の人間はなかなかしぶといのである。副司教が囚《とら》われのジプシー娘にくり返し「彼は死んだ」と言ったときは、事実としては何も知らなかったのだ。だが副司教はそう信じていたし、彼の死を当てにしていたというか、そうあってほしいと望んでいたのである。

とはいえ、フェビュスの傷はかなり重かったのだが、彼は若い回復力にものを言わせ、あっという間に怪我を克服して、パリ近郊の村に駐留していた自分の部隊にもどっていた。

療養中、彼はすでに宗教裁判所の調査員から最初の尋問を受けていた。だが、当時の裁判では、被告が絞首刑になりさえすれば、それで十分であり、犯人に対して正しい裁判が行われているかどうかはあまり問題にならなかった。

フェビュスが自ら裁判に出頭することは、まったく考えられなかった。彼は、この事件が広まらないように、自分の名前が言い触らされないようにと願っていた。やがて、ジプシー娘のことや、怪しげな僧侶《そうりょ》に短剣で突かれたこと、また裁判の結果などを気にとめなくなってしまうと、空っぽになった彼の心に、フルール・ド・リスの面影がもどってきた。

五月のある朝、彼はゴンドローリエ邸の戸口にやって来た。ノートル＝ダム大聖堂前の広場には、多くの人たちが詰めかけていたが、彼はこの人混みには注意を払わなかった。

フルール・ド・リスは母親と二人だけでいた。

隊長が部屋にはいってくるのを見ると、フルール・ド・リスはうれしくなって顔を赤らめた。

「二か月もの長いあいだ、いったいどうなさったの、意地悪な方？」

「ちょっと、知り合いの中尉と喧嘩《けんか》をしたんだ。二人とも、剣で数センチ傷を負ったけど、それだけで話は終わりだ」

「あなたがすっかり治りさえすれば、それでいいんだけど。でもどうしてそんな喧嘩をなさったの？」娘はたずねた。

もともと想像力に欠けるフェビュスは、話題を変えようとして叫んだ。

「広場のあの騒ぎは、いったいどうしたんだ？」彼は窓に近づいた。「おやおや、お嬢さん、広場にすごい人が出てますよ！」

「わかりません」と、フルール・ド・リスは答えた。「魔女が一人、今朝、大聖堂の前で自分の犯行を認め、そのあと縛り首になるらしいけど」

「いまは、とてもたくさんの魔法使いが火あぶりになるので、いちいち名前なんか覚えていられないわね」と、ゴンドローリエ夫人は言った。

第32章　囚人護送馬車

ちょうどこのとき、ノートル＝ダム大聖堂の大時計が、ゆっくりと正午の鐘を打ち鳴らした。満足そうなざわめきが群衆の中からわき起こった。

「ほら、やって来たぞ！」

一台の囚人護送馬車が、広場に姿を現したところだった。黒服の裁判所の役人たちも、馬に乗ってやって来たが、その先頭には気どったシャルモリュ検事の顔もあった。

この運命の馬車の中に、若い娘はすわっていた。両腕を背中でしばられ、聖職者もつかぬままに。肌着一枚をまとっただけで、長い黒髪は乱れ、半ばあらわな胸や肩に垂れ下がっている。

波うつ黒髪の下には、灰色の太い縄がきつく締められていた。さらにその縄の下には、小さなお守りが光っていたが、これは死にゆく者に対して裁判所側が大目に見たのだろう。彼女の足もとには小さなヤギが縛られていた。

バルコニーに出ていたフルール・ド・リスが隊長に強い口調で教えた。

「ほら、見て！　ヤギを連れたあのいやらしいジプシー娘よ！」

こう言いながら、彼女はフェビュスのほうをふり向いた。隊長は馬車のほうをじっと見つめていたが、その顔は真っ青だった。

「ヤギを連れたジプシー娘って？」彼は口ごもった。

「まあ！　思い出さないんですか？」

フェビュスは彼女の言葉をさえぎるように、

「きみが何を言おうとしているのか、ぼくにはわからないな」

隊長は部屋にもどろうとしたが、フルール・ド・リスは嫉妬《しっと》に目覚めて言った。

「どうなさったの？　あの女のために気分が悪くなったみたいね」

「ぼくが？　とんでもない！」

「それなら、ここにいて！」彼女は命令口調で言った。「最後まで見物しましょう！」

あいにく隊長は、その場にとどまらざるを得なくなった。だが囚われの娘が馬車の床から目を離そうとしなかったので、彼はすこし安心した。恥辱と不幸の最終段階にあっても、

それはどう見ても、エスメラルダその人だった。

彼女は相変わらず美しかった。

囚人護送馬車は大聖堂前の広場の奥まではいっていた。中央玄関前で馬車は停まった。玄関の大扉がきしんで開き、大聖堂から重々しい歌が流れてきた。それは死者へのミサであった。

娘は手の縄を解かれ、ヤギと一緒に馬車から降ろされた。ヤギは自由になったのを感じて、よろこびの鳴き声をあげた。娘は素足のまま、正面玄関の階段の下まで歩かせられた。首に結わえられた縄をうしろに引きずっていたので、ヘビが彼女のあとをつけているように見えた。

大聖堂の中から、聖職者の長い行列が広場に進み出てきた。ジプシーの娘の視線は、十字架を持った人のすぐうしろを歩いてきた聖職者にとまった。彼女は身を震わせ、つぶやいた。

「ああ、またあの人、あの司祭だわ！」

それはまさに副司教だった。ゆったりとした祭服をまとって、彼が正面玄関に現れたとき、その顔はひどく青ざめていたが、娘のほうもそれに劣らず青い顔をしていた。

副司教は警備の者たちに立ち去るように合図をして、ただ一人娘のほうに進んできた。そして、声高に言った。

「娘よ、おまえは神に、おまえの罪と過ちの許しを願ったか？」

そして彼女の耳もとに顔を近づけて、こうつけ加えた。

(見物人たちは司祭が娘の最後の告解を聞いているとばかり思っていた)

「きみがわたしに望むことは？　わたしはまだきみを救うことができる！」

娘は彼をじっと見つめた。

「あっちへ行って、悪魔！　さもないと、訴えるわよ！」

副司教は恐ろしい微笑を浮かべた。

「おまえのことなど信じはしないさ。さあ、早く答えるんだ！　わたしに望むことは？」

「わたしのフェビュスをどうしたの？」

「やつは死んだんだ」

このとき、副司教が無意識に頭をあげると、広場の反対側のゴンドローリエ邸のバルコニーに、フルール・ド・リスのそばに立っているフェビュス隊長の姿が目にはいった。副司教はよろめき、もう一度見直したあと、呪いの言葉をつぶやいた。

「さあ、死ぬがいい、おまえは！　もうだれも、おまえを手に入れられない」

このあと副司教は、ジプシーの娘のほうに手をあげ、暗く沈んだ声で叫んだ。

「いまや行け、迷える魂よ、神の恩寵《おんちょう》がなんじの上にあらんことを！」

これは、聖職者が死刑執行人に送る最後の合図の言葉だった。

見物の人たちが、「主よ、哀れみたまえ」とつぶやくなか、副司教は「アーメン」と言った。

彼は囚人に背を向けた。そして頭を垂れ、両手を組んで、司祭たちの行列に加わり、大聖堂の中へと消えた。

第33章　避難所《アズィル》だ！

不幸な娘は、死へとおもむく囚人護送馬車に乗せられるとき、生命への名残り惜しさのためか、彼女は大空の雲から地上の家々まで、あらゆる方向に視線を向けた。黄色い服の男が彼女を縛りあげていると、突然、娘はものすごい叫びを、よろこびの叫びをあげた。

広場の向こう側、遠くのバルコニーに、あの人、彼女の恋人であり、主《あるじ》であるフェビュスの姿を見つけたのだ。

裁判官はうそをついていた！　神父もうそをついていた！　たしかにあの人だ。もう疑うことはできない。

「フェビュス！　わたしのフェビュス！」彼女は叫んだ。

彼女は愛とよろこびに震える手を彼のほうに差し出そうとしたが、その手は縛られていた。

そのとき娘は、隊長が眉《まゆ》をひそめるのが目にはいった。また、バルコニーで隊長に寄りかかっていた美しい娘がいら立った表情で彼を見つめているのも見えた。二人はそそくさと室内に通じるガラス戸のうしろに姿をかき消してしまった。

「フェビュス！　あなたまでこんなことを信じてるの？」彼女は必死に叫んだ。

そのとき、ふと恐ろしい考えが心に浮かんだ。自分が、フェビュス・ド・シャトーペールという人物を殺害した罪で死刑宣告を受けていることを思い出したのだ。

そのときまで、彼女はすべてのことに耐えてきた。だが、この最後の一撃はあまりにもきびしかった。彼女はその場でばったり敷石の上に倒れこんだ。

「さあ、女を護送馬車に乗せて、終わりにしよう！」裁判所の責任者が言った。

正面玄関の尖頭アーチのすぐ上に、国王の彫像がならんだ回廊があるが、そこに一人奇妙な見物人が身をひそめていた。この男はひどく不《ぶ》恰好《かっこう》な顔つきだったから、人々はガーゴイル（雨樋の吐水口の機能を持つ、怪獣をかたどった彫刻）の一つと見まちがえてしまったかもしれない。

この見物人は、大聖堂の正面玄関前で正午から起こっていたことを何一つ見逃してはいなかった。

ところで男は、前もって、回廊の細い円柱の一本に、結び目のついた太いロープをしっかりと縛りつけておいた。ロープの端は、下の玄関前の階段にまで垂れ下がっていた。

裁判所の係員が上役の命令を実行しようとしていたまさにその瞬間、男は回廊の手すりを飛び越え、足と手でロープをつかんだ。そして、ガラス窓を流れ落ちる雨水のように、正面の壁をすべり降りると、二人の死刑執行人のほうに駆け寄って、巨大な拳《こぶし》で二人を打ちのめし、まるで子どもが人形を抱えるように、片手でジプシー娘を脇に抱えこんだ。それからさらにひと飛び、大聖堂の中にまで跳ねたかと思うと、頭上に娘を差しあげて猛烈な声で叫んだ。

「避難所《アズィル》だ！」

外の群衆も、この叫びをくり返した。

「避難所だ！　避難所だ！」

一万にもおよぶ人間の手が拍手喝采《かっさい》するのを見て、カジモドの左目はよろこびと得意な気持ちで輝いた。

からだを乱暴に抱きかかえられて、ジプシー娘は正気にもどった。

彼女はまぶたを開けてカジモドを眺めたが、この恩人の姿におびえたように、すぐにまぶたを閉じた。

裁判所の係員や、死刑執行人や、警護の兵士たちは、すべてあっけにとられていた。事実、ノートル＝ダム大聖堂の敷地内にはいれば、この女死刑囚は逮捕されない特権を持っていた。大聖堂は安全な避難場所だったのだ。

カジモドは正面玄関の下に立ちどまっていた。彼の大きな足は、ローマの重々しい支柱と同じように、大聖堂の敷石をしっかりと踏み固めているかのようだった。

それから彼は急に、自分のごつごつした胸に娘をぎゅっと抱き締めた。まるで自分の幸福を、自分の宝ものを抱えるように、母親が子どもを抱き締めるように……。

このときのカジモドの姿はほんとうに美しかった。彼は凛々《りり》しかった。孤児であり、捨て子であり、人間のくずと思われていた彼が、自分を堂々とした強い者と感じていた。

こうしてとても不恰好《ぶかっこう》な人物がとても不幸な人間を守ってやったこと、カジモドが死刑を宣告された娘を救ってやったことは、まさに感動的だった。二人は、自然と社会の極端に不幸な存在だったが、その二人が触れあい、助けあっていた。

カジモドはしばらく勝ちほこったようすを見せていたが、急に娘を抱えたまま大聖堂の奥にはいってしまった。

群衆は大聖堂の暗い内部に彼の姿を探していたが、突然カジモドは、フランス国王の彫像がならんだ回廊の一方の端に姿を現した。そして、興奮状態で回廊を走り回りながら、腕に抱えた娘を高くかかげ、「避難所だ！」と叫ぶと、群衆はまたもや拍手喝采した。

彼はしばらく建物の中にもぐりこんでいたが、こんどは大聖堂の平屋根の上に姿を見せた。腕には相変わらずジプシー娘を抱え、相変わらず狂ったように走り回り、やはり「避難所だ！」と叫んでいた。すると群衆が喝采するのだ。

最後に彼は、大鐘の塔の頂上に三度目の姿を現した。そこからの彼は、自分が救い出した娘をパリの街全体に誇らしげに見せているかのようだった。カジモドは猛烈な大声で三度、「避難所だ！　避難所だ！　避難所だ！」とくり返し叫んだ。

群衆のほうも、「ばんざい！　ばんざい！」と叫んでいた。

この巨大な歓呼の声は、対岸にまでひびきわたって、グレーヴ広場に集まった人々や、いつまでも絞首台をじっと見て待ち構えている〈おこもりさん〉を驚かせることになった。

第34章　熱に浮かされて

その頃、クロード・フロロ副司教は聖職者の白衣も、マントもかなぐり捨て、大聖堂を飛び出していた。

彼は行きあたりばったり、猛々《たけだけ》しい形相で、通りを歩き回り、走り回った。ただ、たえず背後にある、娘が首を吊《つ》るされるグレーヴ広場、あの恐ろしいグレーヴ広場から逃げるように、前へ前へと押し出されているのだった……。

彼はついにパリ南東、サン・ヴィクトル門を通って街を出た。うしろをふり返ると、大学地区のいくつもの塔を取り巻く壁や市街のまばらな家々を見ることができたが、それでも彼は逃げ続けた。だがようやく、そのいやらしいパリが、土地の起伏の陰に隠れて見えなくなったとき、彼は足をとめた。

ああ、あの娘！　彼女のことが、固定観念となって、たえず引っかかる。彼を苦しめ、彼の脳みそをかじり、彼のはらわたをずたずたにするのだ！　彼は悩み、苦しんでいた。

こうして彼は夕暮れまで畑のあいだを駆けた。自然や、人生や、彼自身や、人間や、神、ありとあらゆるものから、一日中逃げ続けた。

日没近く、ふたたび自分のことをふり返ってみると、ほとんど気が変になっているとしか思えなかった。心の中には、エスメラルダと絞首台の姿しか浮かばなかった。

どんどん日が沈んでいった。彼はぼんやりと大聖堂に帰ろうと考えた。パリから遠く離れたとばかり思っていたが、大学地区の周辺を回っていただけだった。彼は、サン・シュルピス教会（セーヌ川左岸、現在のパリ六区の教会）の尖塔《せんとう》を右手に眺めながら、セーヌ川を目ざし、ついに河岸に着いた。

副司教は一人の船頭を見つけ、なけなしの小銭を握らせて、シテ島のはずれまでセーヌ川をさかのぼらせた。

川船の単調な揺れと川の流れる音のおかげで、不幸なクロードはすこし気持ちを静めることができた。黄昏《たそがれ》の一瞬だった。空は白く、川の水も白かった。この二つの白い帯のあいだに、彼がじっと眺めていたセーヌ左岸が黒いかたまりとなって横たわっていた。

彼が街の通りにもどったとき、商店の明かりに照らされて行き交う通行人の姿は、彼のまわりを永遠に行き来している亡霊のように見えた。

すこし歩くと、サン・ミシェル橋の上に出た。橋のたもと近くでは、弟のジャンの姿も見かけたが、ここではまともに顔を見られないように地面に身を伏せた。幸い、通りは暗く、ジャンは酔っ払っていたので、副司教は見つからずに済んだ。

彼は一気に大聖堂に向かって駆けだした。その巨大な二つの塔は、闇の中で家々の上に浮きあがって見える。

息をはずませて大聖堂前の広場に着いたそのとき、副司教は思わず後ずさりして、この不吉な建物に目をあげることができなかった。彼は小声でつぶやいた。

「ああ、あんなことがここで、今日、それも昼のさなかに起こったなんて、ほんとうなのだろうか！」

それでも彼は、思い切って大聖堂を眺めた。正面は暗かった。

修道院の扉も閉まっていたが、副司教は自分の小部屋のある塔の鍵《かぎ》をいつでも身につけていたので、その鍵を使って大聖堂の中にはいった。

大聖堂の中は、洞穴のように暗く、しんとしていた。銀の大きな十字架が暗闇の奥で輝いていた。

彼は大聖堂の中を通り抜けて逃げることにした。このとき、大聖堂もまた揺れはじめたように思えた。太い柱の一本一本が巨大な脚となって、幅広の石の足裏で地面を踏み固めているようだった。

やがて、いくらかの力がもどってきた彼は、塔に避難すれば、あの忠実なカジモドのそばに行けると考えた。立ちあがったが、すこし怖くなって、足もとを照らすために聖務日課書のランプを手に取った。

そしてゆっくり塔の階段をのぼっていった。

た。

突然顔にひんやりとしたものを感じた。いつの間にか、いちばん高い回廊の扉の下にきていた。空気は冷たく、空には雲が流れている。月もかすかな光を投げかけていた。

このとき大聖堂の大時計が、かぼそく、つぶれたような声をあげた。夜中の十二時を打ったのだ。副司教は正午の十二時のことを考えた。十二時間前のことがもどってきたのだ。

「ああ！　彼女もいまは、冷たくなっているだろうな！」彼は小声でつぶやいた。

突然、一陣の風が吹いてランプの光を消した。ほとんど同時に、塔の反対側に一つの影が現れた。なにか白い人影、女の姿だ。副司教は身震いした。この女のそばには、小さなヤギがいて、大時計の最後の時の音に混じってメエと鳴いていた。

彼は力を奮い立たせ、目の前を見つめた。彼女だった。

顔は青ざめ、暗い感じだった。髪の毛は朝と同じく肩に垂れていたが、もう首に縄はなく、手も縛られていない。自由の身になっていたが、彼女は死んでいるにちがいない。

彼女は白衣を着て、白いヴェールを頭にかぶっていた。

空を眺めながら、ゆっくりと彼の方にやって来る。ふしぎなヤギも彼女のあとについて来る。彼は自分が石になったみたいで、からだが重くて逃げだせなかった。彼女が一歩一歩前進すると、彼は一歩一歩後退する。ただそれだけのことだったが、彼は階段の暗い丸天井の下に押し込められた。

彼女は階段の扉の前までやって来て、しばらく立ちどまり、暗いところをじっと見つめたが、副司教の姿に気づいたようすはなく、そのまま通り過ぎた。彼女の姿は、生きていたときよりも大きく見えた。彼女の白衣を通して天空の月が見えた。彼女の息づかいが聞こえた。

彼女が通り過ぎたあと、副司教はあの亡霊と同じゆっくりとした歩みで、また階段を降りはじめた。自分自身も幽霊になった感じだ。凶暴な顔つきで、髪の毛を逆立て、手にはいまも消えたランプを持っている……。

第35章　避難所にて

中世の時代、どこの街にも、避難所はあった。こうした避難所のどこかにたどり着けば、どんな罪人も救われたのである。

ひとたび避難所に足を踏み入れれば、罪人は冒すべからざる神聖な人となるのだが、その避難所から外に出ないようにしなければならなかった。

教会にはふつう、駆けこみの人を受け容《い》れる小部屋があった。

ノートル＝ダム大聖堂の小部屋は、控え壁の下にある側廊の屋根裏につくられていた。カジモドがすごく興奮して、勝ち誇ったように、塔や回廊を走り回ったあと、エスメラルダを肩からおろしたのは、この部屋だった。

彼がこうして走り回っているあいだ、若い娘は完全に意識を取りもどすことができず、なかば気絶しているような、なかば目覚めているような状態だった。

でも、髪をふり乱し、息を切らしたこの鐘突き男が、彼女を避難所の小部屋に置き、腕にくいこむほどの縄を大きな手でそっとはずしているのに気づいたとき、何か激しいショックを感じた。だが同時に、頭がまた働きはじめ、記憶が一つ一つもどってきた。自分がいまノートル＝ダム大聖堂にいて、死刑執行人の手から奪いとられてきたことも思い出した。

フェビュスは生きていたが、もはや彼女を愛していないことも。哀れな若い娘は、つらく悲しい思いに駆られて、目の前に立っているカジモドのほうを向いてみたが、彼の姿は恐怖を与えた。

彼女はカジモドにたずねた。「どうしてあなたはわたしを助けたの？」

鐘突き男は彼女の言葉の意味をわかろうとするかのように、不安そうな面持ちでじっと娘を見つめた。彼女はもう一度同じことをたずねた。するとカジモドは、深い悲しみのこもった眼差《まなざ》しを彼女に投げかけ、そのまま逃げ去った。

エスメラルダはびっくりしてその場にたたずんだ。

しばらくすると、カジモドは包みを持ってもどってきて、それを彼女の足もとに投げ出した。それは慈悲深い女たちが若い娘のために大聖堂の戸口に置いていった服だった。彼女は目をふせて自分の姿を眺めると、ほとんど裸同然なのに気づき、顔を赤らめた。

若い娘は急いで服を着た。それは市民病院の看護婦の着る白い服だった。

彼女が着替えを済ませるやいなや、カジモドがもどってきた。彼は籠《かご》とマットレスを抱えていた。籠にはワイン一本とパン、いくつかの食べ物がはいっていた。彼は籠を床に置き、「食べな」と言った。敷石の上にはマットレスを敷き、「眠りな」と言った。

ジプシー娘は礼を言おうとして彼のほうに目をあげたが、ひと言も声を発することができなかった。目の前の気の毒な男はほんとうに恐ろしかった。彼女は恐ろしさに震え、目を伏せた。

鐘突き男は言った。

「おれの姿が怖いんだな。おれはとても醜いからね。この姿を見てはいけない。声だけ聞くんだ。昼間はここにずっといてくれ。夜になったら、大聖堂のどこを歩き回ってもいい。だが、昼も夜も、大聖堂の外に出てはいけない。そんなことをしたら身の破滅だ。あんたは殺され、おれも死んでしまう」

娘は感動して、彼に答えようと頭をあげた。だが彼の姿はもうなかった。彼女は彼の声、とてもしわがれていたが、とてもやさしい彼の声に心を打たれていた。

彼女は自分の小部屋を調べた。小さな明かりとりと、出入り口の扉がついた、縦横二メートル足らずの部屋だ。目の下に、平たい石をならべた屋根がゆるやかな傾斜を見せている。屋根の縁には、無数の煙突の先端が見えた。パリのあらゆる暖炉の煙が立ちのぼってくる。これは哀れなジプシーの娘にとっては悲しい光景だった。捨て子であり、死刑宣告を受けた、祖国も、家族も、暖炉もない、不幸な娘にとっては。

自分が一人ぼっちだという思いが、いままでになく重く彼女の胸を占めたそのとき、毛むくじゃらでひげの生えた頭部が、ひざに置いた彼女の両手のあいだにすべり込んでくるのを感じた。それは、あの可哀そうなヤギ、すばしこいヤギのジャリだった。ジプシー娘はヤギにキスを浴びせた。

「ああ、ジャリ！　おまえのことをすっかり忘れていたわ！　おまえはずっとわたしのことを考えているのに！　ほんとうに、恩知らずじゃないのね、おまえは！」

同時に、涙が流れ落ちた。涙がこぼれるに従い、自分の苦しみのいちばんつらい部分も、いちばんにがい部分も、消えてなくなる感じだった。

夜がきた。夜がとても美しく、月がやさしく輝いていたので、彼女は大聖堂をかこんでいる上の回廊をひと回りしてみた。すると、何かほっとした気分になった。この高みから眺めると、それほど地上が静かに見えたのだ。

第36章　耳が聞こえない

つぎの日の朝、目を覚ました娘は、よく眠ったことに気づいた。これはふしぎなことなので、彼女は驚いた。もう長いあいだ、熟睡する習慣を失っていたのだ！　楽しげな朝日が明かりとりから差しこんで、彼女の顔を照らしていた。

太陽の光と同時に、明かりとりには恐ろしいものが見えた。カジモドの不幸な顔だった。彼女は思わず目を閉じたが、それでも顔の映像は消えなかった。そのまま目を閉じていると、耳ざわりな声だけど、とてもやさしい口調の声が聞こえた。

「怖がらなくてもいいよ。おれはあんたの友だちなんだ。あんたの眠っている姿を見にきたんだけど、寝ているところを見られると困るのかい？　それならあっちへ行く。ほら、壁のうしろにきた。もう目をあけても大丈夫だよ」

ジプシー娘は心を動かされて目を開いた。なるほど彼はもう明かりとりのところを離れ、壁の片隅にうずくまっていた。彼女は嫌悪感に打ち勝とうと努力しながら、やさしく言った。

「いらっしゃい」

ジプシー娘の唇の動きを見て、カジモドは自分を追い払おうとしていると思った。彼は立ちあがり、頭を垂れてゆっくりと引き返しはじめた。

「こっちへ来てよ」と、彼女は叫んだ。

それでも彼が逃げ続けようとするので、娘は部屋の外に飛び出し、彼のところへ走っていき、その腕をつかんだ。カジモドは彼女に触られたのを感じて、手足がすべて震えた。

娘は彼を部屋に入れようとしたが、彼は戸口に立ちどまったまま、こう言った。

「いやいや、フクロウはヒバリの巣にはいるものじゃない」

そこで娘は簡易ベッドにしとやかにうずくまった。ヤギも一緒に足もとに眠る。二人はしばらくじっと動かず、黙ったまま相手を見つめた。彼は娘の優美さを、彼女はカジモドの醜さをたっぷりと……。

カジモドが最初に沈黙を破った。

「じゃあ、あんたはおれにもどって来いと言ったんだね？」

彼女は頭でうなずきながら、「そうよ」と、言った。

彼はその仕草でわかった。

「ああ！　おれの……耳が聞こえないからだね」

最後まで言うのをためらうように、彼は言った。

「可哀そうな人！」と、ジプシー娘は好意と同情を表す言葉で応じた。

カジモドは苦しげな微笑を浮かべた。

「おれが悪いのは耳だけだ、とあんたは思っているんだろう？　そう、おれは耳が聞こえない。こんなふうに、おれは生まれついている。恐ろしいことだ、そうだろう？　あんたはとてもきれいだ、あんたは！」

男の口調には、つらい体験を経てきた深い感情がこもっていたので、彼女はひと言も答えることができなかった。彼は続けた。

「おれはいまほど、自分が醜いと思ったことはない。あんたと較べると、自分が可哀そうになってくる。おれはほんとうに不幸なやつだ！……あんたのほうは、太陽の光だ！　鳥のさえずりだ！……そう、おれは耳が聞こえない。でもあんたは、身ぶりで話してくれればいい。ちょっと合図を送ってくれればいい」

娘はほほえみながらたずねた。

「じゃあ、教えて！　どうしてあなたはわたしを助けたの？」

彼女が話しているあいだ、カジモドは注意深くジプシー娘を見つめて、答えた。

「わかった。おれがどうしてあんたを助けたか聞いているんだな。あんたはある晩、あんたをさらおうとしたいやなやつのことを忘れている。あの翌日、いまわしいさらし台にあげられたその男を、あんたは助けてやったことを忘れている。一杯の水と、すこしの慈悲を与えてくれた。おれは自分の命を投げ出しても、その恩は返すことができないと思っている。あのいやな男を、あんたは忘れたかもしれないが、男のほうはちゃんと覚えているんだ」

　娘は深く感動して彼の話を聞いていた。ジプシー娘も非常に不幸な立場に置かれたが、この奇妙な男は、何か同情を呼び起こすものがあった。彼女はここにいてくれと、男に合図を送った。

「いや、いや、おれはあまり長くここにいてはいけないんだ。あんたに見つめられると、おれは気楽にしていられないし。あんたがおれから目をそらさないのは、おれを哀れんでいるからなんだ。おれは、あんたからは見られずに、こちらからはあんたのことが見えるような場所に行くよ。そのほうがいい」

　カジモドはポケットから、金属製の小さな笛を取り出した。

「ほら、これをあげるよ。おれに用事があるときや、おれに来てもらいたいとき、おれを見てもそんなに怖くないと思うときは、この笛を吹いてくれ。この音だけは聞こえるんだ」

彼は床に笛を置くと、逃げるように立ち去った。

第37章　ジプシー娘の願い

日々は流れ過ぎていった。

エスメラルダの心はしだいに静けさを取りもどしていた。長いあいだつきまとっていた恐ろしい人たちの姿は、すこしずつ遠ざかっていくようだった。あの副司教の姿さえ彼女の心から消え去っていった。

それに、フェビュスが生きていた。それは確かだった。彼の姿を自分の目で見たのだから。フェビュスが生きていること、それがすべてだった。致命的な衝撃がつぎつぎに襲いかかり、彼女の心はすべて崩壊してしまったが、それでもたった一つの感情、あの隊長への恋心だけは、以前と変わらずに残っていた。

毎日朝日がのぼるたびに、彼女の心は和らぎ、呼吸は安らかになって、青ざめた顔にも血の気がましていった。昔ながらの性格もまたよみがえってきた。あの陽気なところ、かわいいふくれっ面、ヤギへの愛、歌を歌いたい気持ち、恥じらいの気持ちなどが……。

フェビュスのことを考えるついでに、彼女はときどきカジモドのことも考えた。カジモドは、彼女とほかの生きている人たちとの唯一の絆《きずな》だった。ただ一つのつながり、ただ一つの連絡手段だった。不幸なことに、このジプシー娘は、カジモドよりも世間の外にいたのだ！

偶然知り合いになったこの奇妙な友だちのことを、彼女はさっぱり理解できなかった。しばしば、感謝の気持ちを持たずに目を閉じてしまうことに気がとがめたが、結局はこの可哀そうな鐘突きに慣れることはできなかった。彼は醜すぎた。

彼女は鐘突きがくれた笛を、床に置いたままにしていた。それでも最初のうち、カジモドはときどき姿を現した。彼が食料品の籠《かご》や水の入った水差しを持ってくるとき、あまり嫌な顔をして横を向いたりしないように、できるだけ彼女は努めた。でも彼のほうは、娘がそんな態度をすこしでも見せると、すぐに気づいて、悲しそうに立ち去ってしまうのだった。

一度、娘がヤギのジャリをやさしくなでているときに、カジモドが不意にやって来たことがあった。ヤギとジプシー娘がこうして仲良く過ごしている前で、彼はしばらく物思いにふけっていたが、やがて不細工な重い頭を振りながら、こう言った。

「おれの不幸は、今もまだ人間に似すぎているということだ。あのヤギのように、完全にけものになれればいいのに」

娘はびっくりした視線を彼に向けた。

彼はその視線にこたえた。

「ああ、あんたが驚くのもよくわかるよ！」そう言うと、彼は立ち去った。

またあるとき、カジモドは部屋の戸口に姿を見せた（彼は一度も部屋の中にはいったことがなかった）。そのとき、エスメラルダはスペインの古い歌を歌っていた。歌詞の意味はわからなかったけれど、ジプシーの女たちが子守唄《うた》代わりに歌っていたので、耳に残っていたのだ。歌っている途中で急にものすごい顔が現れたので、娘は思わず恐ろしそうにして歌をやめてしまった。すると哀れな鐘突きは戸口にひざまずき、嘆願するように不恰好《ぶかっこう》で大きな手を合わせながら、しぼり出すように言った。

「ああ、お願いだ！　歌を続けてくれ、おれを追い払わないでくれ！」

娘は彼を悲しませたくなかったから、震えながらも前と同じ歌をまた歌った。彼のほうは両手を合わせ、石のように、じっとひざまずいたままだ。呼吸もままならず、ジプシー娘の輝く瞳《ひとみ》を食い入るように見つめている。まるで自分の目の中に、彼女の歌を取りこんでしまおうとするかのように。

ついにある日の朝、エスメラルダは屋根の端まで進み、大聖堂広場を眺めることができた。カジモドは彼女のうしろについていた。突然ジプシー娘は、身を震わせた。彼女の目には、涙とよろこびのきらめきが同時に光った。彼女は屋根の縁にひざまずき、広場のほうに腕をのばしながら、苦しそうな表情を見せて叫んだ。

「フェビュス！　こっちへ来て！　すぐに来て！　ひと言、たったひと言でいいの、お願い！　フェビュス！　フェビュス！」

その声も、顔も、仕草も、彼女のからだ全体が、まるで難破した人が送る悲痛なメッセージのようだった。

カジモドが広場のほうへ身を乗り出すと、熱狂して叫ぶ娘の相手が見えた。それは若い士官、隊長だった。美男の騎士は、武器を光らせ、軍服を着飾って、広場の一番奥まで馬を乗り入れ、そこのバルコニーでほほえんでいる女性に、羽根飾りのついた帽子を振って挨拶《あいさつ》をしていた。

そもそも、騎士を呼んでいる哀れな娘の声は、隊長には届かなかった。遠すぎたのである。ところが耳の悪い哀れな男カジモドには、その声が聞こえていた。

エスメラルダのほうは、縁にひざまずいたまま、猛烈に手を振って叫んでいた。

「まあ、こんどは馬から降りたわ！……あの屋敷にはいるんだわ！……フェビュス！……この声が聞こえないのね！……フェビュス！……わたしがこうして呼びかけているのに、彼に話しかけるなんて、あの女の人はずいぶんひどい人ね！……フェビュス！……フェビュス！」

耳の聞こえないカジモドは娘をじっと見ていた。彼にはこの無言劇が理解できた。

哀れな鐘突きの目には涙があふれたが、一滴もこぼれ落ちなかった。突然彼は娘の袖《そで》の端をそっと引っ張った。彼女はふり返った。カジモドは落ち着いたようすで、彼女に言った。

「彼をここへ連れてきてやろうか？」

娘はよろこびの声をあげた。

「まあ！　すぐに行って！　走って！　早く！　隊長さん、あの隊長さんを、わたしのところへ連れてきて！　うれしいわ！」

娘は彼のひざを抱きかかえた。

「連れてきてやるよ」と、カジモドはか細い声で言った。

彼が下の広場に出てみると、ゴンドローリエ邸の戸口にはりっぱな馬が一頭つながれているだけだった。隊長は家の中にはいってしまったのだ。

カジモドは大聖堂の屋根のほうを見あげた。エスメラルダは相変わらず同じ場所に、同じ姿勢のままでいた。彼は頭を振って、だめだったという合図を送った。それから、隊長が家から出てくるのを待とうと心に決め、入り口の小さな石柱にもたれかかった。

その日、ゴンドローリエ邸では、結婚式に先立つ宴会が開かれていた。カジモドは多くの人たちが家の中にはいっていくのを目にした。

やがて夜になった。月のない暗い夜に……。

だいぶ時が経って、ポーチの下で馬がいら立ちをみせたころ、華やかないでたちの隊長が、外套《がいとう》に身を包み、カジモドの前を足早に通りすぎた。

隊長が通りの角を曲がるとすぐ、カジモドはすばやくあとを追って走りだし、叫んだ。

「おおい、隊長さん！」

相手は立ちどまった。

「何の用だ？　ろくでなしめ！」

カジモドは隊長のそばにやって来て、大胆にも馬の手綱をつかんでいた。

「おれについてきてくれ、隊長さん。あんたと話したがっている人がいるんだ」

「おやっ！」フェビュスは言った。「髪がもじゃもじゃのこのいやらしいやつには、どこかで会ったような気がするぞ。おい、手綱を放さないか！」

カジモドは手綱を放すどころか、馬を引き返させようとして、急いでこう言った。

「来てくれ、隊長さん。あんたを待っているのは女なんだ。あんたを愛している女だよ」

「ばか者！　おれを愛している女たちを一人残らず訪ねて回ったら、おれはいったいどうなるんだ？……おれはこれから結婚しようとしているんだぞ！」

「まあ、聞いてくれ！」カジモドはひと言いえば相手がぐずぐず言わずについて来てくれるものと思って、大声を出した。「来てくれよ、だんな！　あんたも知っているあのジプシー娘だよ！」

「ジプシー娘だと！」隊長はすこし怖がるようすで言った。「となると、おまえはあの世からやって来たのか？」

彼は短剣の握りに手をかけた。

「早く、早く！　こっちだ！」カジモドは馬を引き立てようとした。

フェビュスは長靴でカジモドの胸を思い切り蹴《け》飛《と》ばした。

カジモドの目がきらりと光った。彼は隊長に飛びかかろうとしたが、その動作を中断して、こう言った。

「あんたを愛してくれる人がいて、あんたはほんとうに幸せだな！」

彼は〈人〉という言葉を強めていたが、馬の手綱を放しながら、

「どこへでも行くがいいや！」

鐘突きはノートル=ダムにもどり、ランプをつけて、また塔にのぼっていった。

ジプシー娘は、遠くから彼の姿を見つけると、悲痛な面持ちで叫んだ。

「一人なのね！」

「会えなかったんだ」と、カジモドは冷たく言った。

「ひと晩中、待たなければいけなかったのに！」彼女は怒っていた。

「こんどはうまく待ち伏せることにするよ」カジモドはうなだれた。

「あっちへ行って！」彼女は言った。

その日以来、娘は鐘突きの姿を見かけなくなった。それでも、彼が守護神として現れていることはわかった。眠っているうちに、食べ物が目に見えぬ手で運ばれていたからである。

ジプシー娘はそうしたことをあまり気にとめずに、日々を過ごしていた。ジャリの頭をなでたり、ゴンドローリエ邸の入り口をそっとうかがったり、フェビュスのことを小声でつぶやいたり、ツバメにパンのくずを投げ与えたりして……。

第38章　赤門の鍵《かぎ》

副司教は世間の噂によって、ジプシー娘が奇跡的に救われたことを知った。彼女が生きていて、フェビュスも生きているとわかって、ふたたびクロード・フロロの苦しみがはじまった。

彼は修道院の自分の個室に閉じこもった。会議にもミサにも姿を現さなかった。だれにもドアを開けず、司教に対してもそうだった。

クロードは、窓ガラスに一日中顔をくっつけたまま、何日も時を過ごした。修道院にあるこの部屋の窓から、エスメラルダの小部屋を眺めていたのだ。ある晩、彼はベッドから跳び起き、ランプを手にすると、目をぎらつかせて個室を出た。

彼は修道院と大聖堂をつなぐ赤門の鍵のありかを知っていた。そして塔の階段の鍵は、いつも身につけて持っていた。

その夜、エスメラルダは、つらいことは忘れ、楽しいことを考えて、小部屋で眠りについていた。いつものようにフェビュスのことを夢みてしばらくすると、近くで何か物音が聞こえたような気がした。彼女は目を開けたが、真っ暗闇だ。それでも、天窓から一つの顔がのぞいているのが見えた。ランプがその顔を照らしていたのだ。娘は恐怖のあまりまぶたを閉じて、消え入るようにつぶやいた。

「まあ！　あの神父！」

過去の不幸がそっくり、稲妻のようによみがえった。彼女は凍りついたように、ベッドに倒れこんだ。

すこし経つと、だれかがからだに触れてきたのがわかった。彼女は震えがとまらず、すっかり目が覚めてしまったので、怒り狂ってベッドにすわりこんだ。

神父は娘ににじり寄り、両腕で彼女を抱えていた。

娘は叫び声を立てようとしたが、声にならなかった。

「出ていくがいい！　怪物め！　どこかへ行って、人殺し！」彼女は怒りと恐怖に震える声で叫んだ。もがきながら床の上をはっていると、娘の手に何か冷たい金属製のものがさわった。カジモドの笛だった。彼女は必死になって笛をつかみ、唇に当てると、思いっきり吹いた。笛は澄んで、鋭い、刺すような音を立てた。

「何だ、それは？」神父が言った。

ほとんど同時に、クロードはたくましい腕で上に抱き上げられていた。部屋は暗かったので、だれに抱きかかえられたのかはっきりとわからなかったが、怒りのためにギリギリ鳴る歯の音が聞こえた。それに、暗闇の中のかすかな明かりで、頭上に光る短刀の刃《やいば》が見えたのだ。

副司教はカジモドの姿が見えたような気がした。第一、彼以外には考えられない。部屋にはいるとき、入り口のところで荷物のようなものにつまずいたことも思い出した。それでも、いま部屋にはいってきた男が、ひと言もしゃべらなかったので、思い至らなかったのだ。

「カジモド！」と、副司教は叫び、短刀を振りかざした腕に飛びかかった。この危急の時に、彼はカジモドの耳が聞こえないことを忘れていた。

あっという間に、副司教は床に投げ出され、自分の胸に鉛のようなひざがのしかかるのを感じた。ごつごつしたひざを押しつけられて、彼は相手がカジモドであることを確信した。でも、どうしたらいい？　どうすれば、自分だとわかってもらえるか？　暗闇で何も見えないのだ。

　万事休すだ。娘はいら立つトラのように情け容赦もないから、副司教を助けるはずもない。短刀がまさにクロードの頭部に触れようとしたとき、突然相手はためらうようすをみせた。

「彼女の上に血を流しちゃいけない！」くぐもった声がつぶやいた。

　それはまさに、カジモドの声だった。

　副司教は大きな手で、小部屋の外に引きずり出されるのを感じた。彼にとって幸いなことに、すこし前から月が顔をのぞかせていた。

　二人が戸口をまたいだとき、月の青白い光が副司教の顔を照らした。カジモドはその顔をまともに見て、身震いし、相手のからだを放して、後ずさりした。

　そしてドアの前にひざまずき、こう言った。

「神父さま、お好きなようになさってください。まず、このおれを殺してください」

　カジモドは副司教に短刀を差し出した。副司教はわれを忘れ、短刀に飛びついた。

　だがそれよりも早く娘がカジモドの手から短刀を奪いとり、ヒステリックに笑いだしながら言った。

「さあ、こっちに来るがいい！」

彼女は短刀を高く振りかざした。副司教は決断がつかなかった。娘はきっと切りつけてくるだろう。

「近づけないじゃないか、ひきょう者！……わたしは、フェビュスが死んでいないのも知ってるんだよ！」

副司教はカジモドを足蹴《あしげ》りにして床に転がしたあと、階段の丸天井の下に消えてしまった。

クロードがいなくなると、カジモドは娘を救った笛を拾いあげた。

「さびついたな」と鐘突きは言い、笛を娘に返した。それから、彼は娘を一人にして、どこかへ立ち去った。

若い娘は、こうした激しい騒ぎに気が動転し、ぐったりとベッドに倒れこんで、しくしくと泣きはじめた。

彼女の前途はまた暗いものとなった。

一方、副司教は手探りで自分の個室にもどっていた。

もうおしまいだ。クロード・フロロはカジモドに嫉妬《しっと》していた！

彼は物思わし気に、あの不吉な言葉をくり返した。

「だれにも彼女は渡さないぞ！」

第39章　グランゴワールのたくらみ

ある日のこと、ピエール・グランゴワールはパリのサン・ジェルマン・ロクセロワ教会の界隈《かいわい》を歩いていた。すると突然、彼の肩に重々しく手が置かれた。ふり返って見ると、それは、昔の友人であり勉強の先生であった副司教のクロード・フロロだった。

ピエールは長いこと副司教に会っていなかったが、副司教はずいぶん変わっていた。顔色は青ざめ、目はくぼみ、髪の毛はほとんど白くなっている。

「ピエール君、あのかわいいジプシーの踊り子はどうしたかね？」

「エスメラルダですか？」

「彼女はきみの女房じゃなかったかね？」

「壺《つぼ》を割りましたからね。四年のあいだはそうです。……あの小さなヤギはほんとうにかわいらしかったな！」

「あのジプシーの娘はきみの生命《いのち》を救ってくれたんじゃなかったかね？」

「ええ、仰せのとおりです」

「それなら、彼女はどうなったのだ？　きみは彼女をどうしたのだ？」

「人の噂によると、彼女はノートル=ダムに逃げこんで、そこで身の安全を保っているようです。ぼくが知っているのはそれだけです」

「わたしがそれ以上のことを教えてやろう」と、クロード・フロロは大声をあげた。「彼女は実際、ノートル＝ダムに逃げこんだ。だが三日後には、また裁判所の手でとらえられ、グレーヴ広場で首を吊《つ》るされるんだ。高等法院の逮捕状も出ている」

「それは厄介ですね。……いったいどんなやつが、面白がってまた逮捕状の申請なんかしたんでしょう？　高等法院をそっとさせておけなかったんですかね？　可哀そうな娘が一人、ノートル＝ダムの控え壁の下で、ツバメの巣のそばに避難していたって、それがいったい何だと言うんですか？」

　副司教はすこし沈黙したあと、口を開いた。

「それで、彼女はきみの生命《いのち》を救ってくれたんだろう？……それなのに、彼女のために何かしてやろうとは思わないのかね？」

　副司教は自分の額をたたいて、つぶやいた。

「どうやって彼女を救うかだ！」

　それからもう一度、クロードは夢みるようにくり返した。

「どうやって彼女を救うかだ！」

　ピエール・グランゴワールも、ジプシーの娘をノートル＝ダムから無事に外に出す方策を考えていたが、急に副司教に告げた。

「たったいま、すばらしい妙案を思いつきました」

「きみの妙案というのは、どんなものだ？」

「あの宿なしたちはりっぱな連中でしてね。ジプシー一族はあの娘を愛しています。だからひと声掛ければ、みんな立ちあがりますよ。これほどやさしいことはない。ちょっと手を貸しさえすればね。混乱に乗じて、楽々と彼女を連れ出せる。明日の晩、早速……これこそ、連中の望むところだ」

「その方法は？　早く言うんだ！」副司教はピエールのからだを揺すりながら言った。

「みごとなもんですよ、先生！　こうなんです」

グランゴワールは副司教の耳もとに口を寄せ、小声で話した。彼の話が終わると、副司教はピエールの手を取り、冷たく言った。

「わかった。じゃあ、明日」

「では、明日」と、グランゴワールはくり返した。

そして、副司教がその場を立ち去ると、小声でこうつぶやいた。

「これは大仕事だぞ、ピエール・グランゴワール君！」

第40章　奇跡御殿の夜

奇跡御殿は一部、当時のパリ市街区《ヴィル》の古い城壁に接していた。市街区にはたくさんの塔が建てられていたが、それらの塔の一つは宿なしたちの歓楽の場となっていた。ふつう、この歓楽の場は、塔の下の広間につくられていた。つまり居酒屋になっていたのだ。

その日の夜、酒飲み連中はいつもより陽気そうだった。みんなのあいだには、斧《おの》や、まさかりや、長剣や、火縄銃など、いろいろな武器がきらめいていた。

居酒屋の中は、すべてのものがごたごたと重なり合い、雑然としていたが、あの物《もの》乞《ご》いのボス、クロパンのまわりには、とにかく人がひしめき合っていた。全身武器で身を固めたクロパンは、武器のいっぱいはいった大樽《おおだる》から、中身を部下たちに分配する仕事を取り仕切っていた。斧、剣、かぶと、鎖帷子《くさりかたびら》、猟刀、矢、矢じり、槍先《やりさき》などが、どんどん出てくる。

この騒ぎのただ中、酒場のいちばん奥のベンチには一人の哲学者が何か考えごとにふけっていた。それは、ピエール・グランゴワールだった。

「さあ、早く、急いで武器を取るんだ！　一時間後には出発するぞ！」クロパンが宿なしたちに命じた。やはり頭のてっぺんから足の先まで武装した若者が、とりわけ目立って声を張りあげていた。

「ばんざい！　ばんざい！　今日はおれの初陣だぞ！　おれは宿なしになったんだ！　おれに酒をついでくれ！　おれの名前はジャン・フロロっていうんだ。ちゃんとした貴族だぞ。さあ、兄弟、すばらしい遠征に出かけよう。おれたちは勇者なんだ。大聖堂に押しかけ、扉をぶち壊し、美しい娘を救い出すんだ。裁判官や神父たちの手から な。修道院もぶち壊し、司教たちも焼き殺してしまえ。おれたちはノートル＝ダムを略奪する。カジモドも吊るしてしまう」

居酒屋の隅にいたジプシーの一人が、仲間とひそひそ話を交わしていた。

「あのエスメラルダも可哀そうにね！　あの娘はみんなの妹だから、あそこから引っ張り出してやらないと」

クロパンのほうは、すでに武器の分配も終えていた。彼は雷のような声でどなった。

「真夜中だぞ！」

この声を聞くと、宿なしたちは、男も女も子どもたちも、みんな一緒になって酒場の外に飛び出した。

月は雲に隠れていた。

奇跡御殿は真っ暗だった。明かりは一つも見えない。

クロパンは大きな石の上に立って叫んだ。

「列を組め！」

暗闇の中で行進がはじまった。巨大な集団が縦に並んでいくようだった。しばらくすると、またクロパンが声を張りあげた。

「さあ、黙ってパリを通り抜けるんだぞ！　合言葉は〈ポケットには短剣〉だ！　ノートル＝ダムに行くまでは、明かりをつけるんじゃない！　出発！」

十分ほどすると、夜警の騎馬隊は、黒い姿の人たちが長々と行列を組んで静かに進んでいくのを目にして、おびえて逃げだしてしまった。長蛇の列は、セーヌ右岸からシテ島に架かる両替橋《ポン・ト・シャンジュ》の方向へと向かっていた。

第41章　大聖堂前の攻防

その夜、カジモドは眠っていなかった。彼は大聖堂の中の最後の見回りを済ませたあと、北の塔の頂上までのぼっていた。角灯を屋根の鉛板の上に置き、彼は夜のパリを眺めはじめた。

突然、鐘突きは奇妙なことに気づいた。セーヌ川の白く光る水面《みなも》に、河岸の手すりが黒く直線をつくっていたが、シテ島の河岸に何かうごめくものがあった。

その動きの列は、シテ島の奥、ノートル＝ダムの正面玄関まで垂直にのびているように見えた。闇は深かったが、行列の先頭があっという間に大聖堂前の広場に広がるのが見えた。

それは恐ろしい光景だった。連中はあのジプシー娘を取りもどそうとしているのではないか？　広場には、ぼろをまとった男と女が、鎌や、槍や、鉈《なた》や鉾《ほこ》などを持って群がっているのがはっきりと見えた。カジモドはもっと近くで見るために、塔と塔のあいだの平屋根に降りた。

クロパンはノートル＝ダムの正面玄関前にやって来て、手下の連中を戦闘隊形に並べていた。それから宿なしのボスは広場の石の欄干の上に上がると、声を張りあげた。

「このおれ、クロパンは、パリ司教で高等法院判事でもあるルイ・ド・ボーモンに告げる。われわれの妹エスメラルダは不当にも魔法使いの判決を受けたため、大聖堂の中に避難した。おまえは彼女に隠れ家と保護を与えなければならない。ところが高等法院は彼女を取りもどそうとし、おまえはそれに同意した。そこでエスメラルダは明日、グレーヴ広場で縛り首になるだろう。われわれは娘をわれわれの手に返すことを要求する。さもなければ、大聖堂を略奪するしかない」

カジモドは不幸にして、一種の威厳をもって語られたこのクロパンの言葉が聞こえなかった。

クロパンのほうは、手下の軍隊を眺めわたし、号令を下した。

「進め！　野郎ども！　仕事にかかるんだ！　けんか好きな野郎ども！」

腕っぷしの強そうな、がっしりした男が三十人ほど、鉄棒やてこをかついで列から進み出て、正面玄関の階段をのぼっていった。だが、正面の扉はやけに頑丈で、簡単に開けることはできなかった。

　そのとき、恐るべき大音響が起こった。巨大な丸太が空から降ってきて、大聖堂の階段にいた一ダースほどの宿なしをなぎ倒し、大砲のような音をたてて、敷石の上をはね返っていた。

　連中が感じた驚きと恐怖がどれほど大きかったか、なかなか言い表すことができない。それでもようやく、驚きから覚めると、クロパンは叫んだ。

「教会の連中が抵抗しているんだ。それなら略奪するぞ！　略奪だ！」

　宿なし軍団は喚声をあげ、弩《おおゆみ》や火縄銃を正面玄関に発射した。しかし扉はびくともしない。

「破城槌《はじょうつい》（城門や城壁を破壊するための丸太状のもの）があればなあ」と、宿なしの一人が言った。それを聞いたクロパンは、あの恐ろしい丸太に駆け寄り、その上に足を掛けて、言った。

「ありがとう、神父ども！」

　早速、二百本もの力強い腕が、重い丸太を持ちあげ、それをそのまま大聖堂の大きな扉に激しく打ちつけた。半ば金属性の扉は、巨大な太鼓のような響きをたてた。扉が壊れることはなかったが、大聖堂全体が震えた。

それと同時に、正面玄関のちょうど上から、こんどは大きな石が雨のように降りはじめた。すぐに宿なし軍団の連中の頭や足に石が当たり、怪我人が続出した。連中が怒りをつのらせたこの予期せぬ抵抗は、実はカジモドの仕業であった。

カジモドが平屋根に降りてきたとき、彼の頭の中はひどく混乱していて、どのように行動すべきかわからなかった。だが、突然、彼は石工の職人たちがその日一日、大聖堂の南塔の壁と骨組みと屋根を修繕していたことを思い出した。壁は石で作られているし、屋根は鉛で、骨組みは木で作られている。

カジモドは南塔へ走った。塔の下にある部屋には、やはり資材が置かれていた。さまざまな石材や鉛板、太い梁《はり》などが転がっている。まさに兵器庫のようだ。

事態は切迫していた。宿なし軍団の動きから危険を察知したカジモドは、いつもの十倍もの力をふるって、いちばん重く、いちばん長い丸太を持ちあげた。そしてこの丸太を、平屋根をかこむ手すりの上からすべらせ、暗い広場に突き落としたのだった。

巨大な丸太は、五十メートルほどの高さを落ちていく途中で、壁をけずり、彫像を壊し、何度もぐるぐる回転しながら、地上に達した。恐ろしい叫び声がわき起こった。

宿なし連中が逃げ惑うなか、カジモドはさまざまな石を手すりの脇に積みあげていった。そのあと、大聖堂の平屋根の手すりから、大きな切石が雨あられと降りはじめるのだ。

だが、宿なしどもも、しぶとく抵抗を続けていた。正面玄関の重い扉も、破城槌の丸太の攻撃を二十回以上も受けて、ぐらぐら揺れだしていた。丸太が打ちつけられるたびに、大聖堂の内部は大音響に満たされた。

宿なし軍団に対する決め手となる攻撃が見つからず、思い悩んでいたカジモドは、自分が石を投げつけている手すりのすぐ下に、二本の長い石造の樋《とい》があることに気づいた。樋は、正面玄関の大きな扉の真上に出ている。

彼は鐘突き小屋に薪の束を取りに走り、その束の上に、たくさんの細長い木片や鉛のかたまりを積みあげた。二本の樋の穴の入り口に、この薪の束と鉛をうまくならべたあと、彼は角灯でそれらに火をつけた。

この間、宿なしたちは、もはや石が落ちてこなくなったので、玄関の大きな扉のまわりにわいわい声をあげながら押し寄せていた。彼らはいまや、ジプシーの娘を救い出すことよりも、ノートル＝ダム聖堂を略奪することを考えはじめていた。

彼らが大扉に最後の打撃を加えようと、破城槌のまわりに集まってきたそのとき、ものすごい叫び声がわき起こった。

溶けた二筋の鉛が、大聖堂の上から、密集した群衆の頭上に流れ落ちてきたのだ。

煮えたぎった金属は、雪の中に熱湯を注いだときのように、群衆のあいだに二つの黒い穴、煙のあがる二つの穴をこしらえていた。

怒号は悲痛な叫びに変わった。彼らは死者たちの上に丸太を放りだし、四方八方に逃げだしたため、大聖堂前の広場はあっという間に空っぽになってしまった。

人々はみな、教会の頂上を見あげていた。彼らが目にしたのは、奇妙な光景だった。いちばん高い回廊の頂上の、二つの鐘楼のあいだで、大きな炎が赤々と立ちのぼっていた。この炎の下には、怪物の口をかたどった二本の樋が、休みなく、鉛の熱湯を吐き出していた。炎の上には、巨大な二つの塔がそびえていたが、一つの塔は真っ黒な、もう一つの塔は真っ赤な姿を、大空にくっきりと浮かびあがらせていた。

第42章　ジャン・フロロの最期

宿なしたちは恐怖のため沈黙してしまったが、リーダーのクロパンたちは広場の反対側、ゴンドローリエ家の玄関の軒下に避難して、会議を開いていた。

クロパンは怒りのあまり自分の大きな拳《こぶし》にかじりつきながら、こうつぶやいた。

「なかなか、中にはいれねえな！」

「火の前を行ったり来たりしている、あの悪魔が見えるかい？」ジプシーの男が叫んだ。

「見えるとも。あの野郎、鐘突きのカジモドだ」と、クロパンは答えたあと、さらに続けた。「すると、おれたちの妹エスメラルダをあそこに置いたままにしておくのか！　頭巾《ずきん》をかぶった教会のオオカミどもが明日、あの娘を縛り首にするというのに！」

「それに、あの聖具室にはたくさんの宝物があるのになあ！」宿なしの一人が言った。

このとき、パルヴィ通りを眺めていた仲間が言った。

「クロパンの大将、新米の学生がやって来ましたよ」

なるほど、それはジャンだった。重い鎧《よろい》を着こみ、長い梯子《はしご》を引きずって、懸命に走ってくる。

「勝つぞ！　ありがとう《テデウム》！　波止場の荷揚げ人の梯子を持ってきたぞ」

クロパンがジャンに近づいてたずねた。

「おい、新米、その梯子をどうしようって言うんだ？」

「三つの正面玄関の上に、まぬけな顔をした彫像が並んでいるでしょう？　あれがフランス王の回廊です。この梯子であそこにのぼっていけば、大聖堂の中にはいれるわけですよ」

「新米、いちばん先に、おれにのぼらせろ！」

「だめです、親方、この梯子はぼくのものです。あとから来てください！」

そう言うと、ジャンは梯子を引きずりながら、広場を走りはじめた。

「さあ、みんな、おれに続くんだ！」彼は叫んだ。

またたく間に、梯子は下の回廊の欄干に立てかけられた。

大勢の宿なし連中が押しかけてきたが、ジャンが自分の権利を主張し、いちばん最初に梯子の横木に足をかけた。宿なしたちが彼に続いて梯子をのぼりはじめた。

ジャンは回廊のバルコニーにたどり着くと、機敏に欄干をまたいだので、下にいる連中はみんな拍手喝采《かっさい》した。彼は敵の砦《とりで》を征服して、よろこびの声をあげたが、急に凍りついたように動きをとめた。王の彫像のうしろに、目をぎらつかせて闇の中に隠れているカジモドの姿を目にしたのだ。

ジャンに続く連中がバルコニーに足をかける前に、恐ろしい形相のカジモドは、梯子のところに飛んでいき、ひと言も発せずに、がっしりとした手で梯子の二本の支柱をつかんで、壁から離し、ちょっと揺らした。そして、みんなが不安の叫びをあげるなか、彼は鈴なりになった梯子の連中を広場へと投げ返した。

梯子は半径二十五メートルほどの円を描き、宿なし連中を乗せたまま、敷石の上に倒れ落ちていった。

ジャン・フロロは危機的状況に置かれていた。地上二十五メートルほどの回廊にいて、仲間たちから離れ、たった一人、恐ろしい鐘突きと一緒に残されたのだ。

カジモドが梯子のところに行っているうちに、ジャンは回廊のはずれの扉へと走っていったが、扉は開かなかった。そこで彼は、おびえた顔つきで、息をこらして、王の彫像のうしろに身をひそめていた。

最初のうち、カジモドはジャンに気づいていなかったが、ついには若者のほうを向いて、急に立ちあがった。ジャンの存在に気づいたのだ。

この若い道楽者は、悪賢く、持っていた弩《おおゆみ》に矢をつがえながら言った。

「カジモド！　おまえのあだ名を変えてやろう。ものわかりの悪いやつって言うんだ」

矢は放たれた。羽根のついた矢は、風を切り、カジモドの左腕に突き刺さった。だが、カジモドは平然と、右手で矢をつかみ、腕から引き抜くと、太いひざに当てて矢を二つに折った。それから、ものすごいうなり声をあげてジャンを押し倒した。

松明《たいまつ》の光のゆらめく薄明かりに、恐ろしい光景がおぼろげに見えた。

カジモドは左手でジャンの両腕をつかんでいたが、ジャンのほうは暴れもしなかった。もう助からないと観念していたのだ。鐘突きは右手で、ジャンが身につけていた武器を、一つ一つゆっくりとはずしていった。剣、短刀、かぶと、鎧……。

このあと、カジモドは、回廊の欄干の上に立ち、片手でジャンの足をわしづかみにすると、頭上でぐるぐるふり回したまま若者を宙に投げ放った。

恐怖の叫びが、宿なしのあいだでわき起こった。

「仕返しをするぞ！」クロパンは叫んだ。

「やっつけろ！」群衆が答えた。

「突撃だ！　突撃だ！」

可哀そうなことに学生が殺されてしまったので、群衆はたけり狂った。興奮した宿なしたちは何本も梯子を見つけだし、松明もどんどんふやした。数分のうちに、この恐るべき宿なし大軍が、あらゆる方向からノートル＝ダムにのぼってくるのを目にして、カジモドは取り乱した。

大聖堂前の広場には、無数の松明が星のように輝いていた。

これほど大勢の敵を前にしては、どうすることもできない。カジモドは、怒り狂った顔がどんどん回廊に近づいて来るのを見て、ジプシー娘のために身を震わせていたが、ただ天の神に奇跡を願い、絶望に腕をよじらせるばかりだった。

第43章〈ポケットには短剣〉

詩人のピエール・グランゴワールは、パリの中心へと延びるサン・タントワーヌ通りを急いで走っていた。彼はこの日、夜警隊に捕えられ、当時国王（ルイ十一世）の住むバスチーユの要塞《ようさい》に連れていかれて、危うく首《くび》吊《つ》りの刑を言い渡されるところだったのだ。

ピエールは、パリ右岸の東門、ボードワイエ門に着くと、そこの広場のまん中に立っている石の十字架へとまっすぐ進んだ。暗闇の中でも、十字架の石段にすわっている、黒の帽子をかぶった黒衣の男の顔がはっきりとわかっているようだった。

「先生ですか？」グランゴワールはたずねた。

黒衣の人物は立ちあがって言った。

「死ぬほど待たされたぞ！　きみのおかげで、いらいらさせられるよ、グランゴワール。サン・ジェルヴェの塔（パリ市庁舎のうしろにある教会の塔）にいる男が、いま午前一時半を告げていたぞ」

「ああ先生、それはぼくのせいではありません。夜警隊と国王が悪いんです。危ういところを逃れてきたんですから。いつも首を吊《つ》られそうになるんです。ぼくの宿命ですね」

「きみは何かと無駄口が多すぎる！　きみのやってきたことなど聞いてどうなるんだ？　それより、宿なしたちの合言葉は知っているな？」

「知っています。ご安心あれ。〈ポケットには短剣〉です」

「よし。それがわからないと、大聖堂まで行きつけないからな。宿なしたちは道をふさいでいる。だが幸いなことに、連中は抵抗にあっているらしい。われわれはまだうまくたどりつけるだろう」

「はい、先生。でも、どうやってノートル＝ダムの中にはいるんですか？」

「わたしは塔の鍵《かぎ》を持っている」

「では、どうやってそこから出るのですか？」

「修道院のうしろに、小さな扉があって、空地に面している。そこから川に出られるんだ。わたしは扉の鍵を持っているし、今朝、そこに小船をつないでおいた」

「ぼくは、じつにうまく首吊りを逃れてきたもんだな！」グランゴワールはまた言った。

「さあ、早くしろ！　さあ！」と、黒衣の男が言った。

　二人は急ぎ足で、シテ島のほうへ向かった。

第44章　救援に駆けつけるフェビュス

勇敢な鐘突きカジモドは、四方八方から襲撃され、万事休すの状態だった。完全に勇気を失ったとは言えないまでも、少なくとも自分を救う望みは捨てていた。自分のことではなく、ジプシー娘のことを考えていた。そして狂ったように回廊を走っていた。

突然、近くの通りに馬のひづめの音が響き渡り、騎馬隊の一団が疾風のように広場に姿を現した。

「フランスの名において！　ならず者をやっつけろ！　フェビュス・ド・シャトーペールが救援に駆けつけたぞ！　パリ奉行の名において！」

宿なし連中は急に方向を転換した。

カジモドは耳は聞こえなかったが、抜かれた剣や、松明や、槍《やり》の先や、騎馬隊は目にはいった。隊の先頭に、フェビュス隊長がいるのにも気づいた。

不意に現れたのは、まさに国王の騎馬隊だった。

これに対し、宿なし軍団も勇敢に抵抗し、必死になって防戦した。だが連中は、通りから側面攻撃され、広場では背面をつかれて、しだいに大聖堂に追いつめられていった。

大聖堂前の混戦はじつに恐ろしいものだった。

大勢の宿なしたちのうちで、一人光った大鎌を持った男が目立った活躍を見せていた。男はずっと、馬の脚を大鎌でなぎ払っていたのである。彼は鼻歌を歌いながら、鎌を振るっていた。まるで麦畑のムギでも刈るように、ゆらゆらと騎馬隊のあいだを突き進んでいく。この男こそ、宿なし連中の王、クロパン・トルイユフーだった。

火縄銃が火を吹き、男を倒した。

ついに宿なし連中は屈服した。無力感と、優秀な武器を持たないこと、不意打ちをくらった恐怖、国王の軍隊の激しい突撃ぶりなど、すべてに連中は打ちのめされた。彼らは攻めてくる軍隊の戦列をこじ開け、大聖堂広場にたくさんの死骸《しがい》の山を残したまま、四方八方へと逃げだしていった。

カジモドはといえば、一刻も戦いをやめることがなかったが、宿なし連中が敗れ去るのを見ると、その場にひざまずき、両手を天に向けた。それから、よろこびに酔ったように走りだして、鳥のようにすばやくあの部屋へと駆けのぼった。いままで大胆不敵に戦って宿なし連中を近づかせなかったあの部屋へと。

彼はいまや、一つの思いしか抱いていなかった。先ほどもまた、いのちを助けてやった娘の前でひざまずきたいという思いしか。

だが、カジモドが部屋にはいってみると、そこは空っぽだった。

第45章　避難所を出る

宿なし連中が大聖堂を襲ってきたとき、エスメラルダは眠っていた。

だが、教会のまわりでしだいに騒ぎが大きくなり、ヤギが不安そうに鳴く声で、彼女は目を覚ました。若い娘は部屋を飛び出し、広場の光景を見に行った。暗闇の中で、不気味な群衆が飛び回り、赤い松明《たいまつ》が走っている。

民衆が暴動を起こし、避難所から自分を連れ出しに来たのではないか？　彼女の生命《いのち》であり、希望であるフェビュスを、ふたたび失うのではないか？　すべての逃げ道を閉ざされ、何の支えもなく、見捨てられ、一人ぼっちになってしまうのではないか？　そうした思いがつぎからつぎへと頭を横切って、エスメラルダは打ちひしがれていた。

そんな状態のとき、彼女は自分に近づく足音を聞いた。ふり返ってみると、二人の男が部屋にはいっていたので、娘は小さな声をあげた。

「怖がらなくていい、ぼくだ」と、聞き覚えのある声が言った。

「どなた、あなたは？」

「ピエール・グランゴワールだ」

名前を聞いて安心して、彼女が目をあげると、なるほど、あの詩人がそばにいた。

けれども、ピエールのそばに、頭のてっぺんから爪先《つまさき》まで黒衣に包まれた男の姿に気づき、娘は沈黙した。

「おいおい、ヤギのジャリのほうがきみより先に、ぼくに気がついたぜ！」

　ピエールが文句をつける口調で言った。

「一緒にいる方は、どなたなの？」ジプシー娘が小声で聞いた。

「安心したまえ。ぼくの友だちだ」ピエールは答えた。

　黒衣の男はピエールに近づくと、荒々しくその肩を押した。

「そうだ、忘れていたよ」と、ピエールは言った。「ぼくたちは急いでいるんだ。いいかい、お嬢さん、きみの命は危ないんだ。ジャリの命も。みんなはきみのことを、また捕まえようとしているんだ。ぼくたちはきみの味方だよ。きみを助けに来たんだ。ぼくたちについておいで」

　ピエールはエスメラルダの手を取った。連れの男は角灯を持って、先を歩いた。若い娘は恐ろしさのあまり、ただ連れていかれるままになっていた。ヤギも跳びはねながら、三人のあとをついていく。

　彼ら三人は急ぎ足で塔の階段をおり、大聖堂を通り抜けると、赤門から修道院の中庭に出た。そして、中庭からさらに大聖堂のうしろにある囲い地へと進んだ。人の姿は見あたらない。

角灯を持った男は、囲い地の東のはずれへとまっすぐに歩いた。セーヌ川の岸辺に一そうの小さなボートがつながれていた。男はピエールと娘に、ボートに乗るように合図した。ヤギもエスメラルダに続いて乗りこみ、男が最後に乗った。彼は二本のオールをつかむと、前方にすわり、すぐさま全力で船をこぎだした。

ピエールは後方に席を占め、娘は見知らぬ男がなんとなく怖いので、詩人のそばに身を寄せてすわった。

ボートはゆっくりとセーヌ右岸のほうに進んでいた。見知らぬ男は、手にした角灯の光を注意深くふさいで洩《も》れないようにしていた。暗闇の中、船首にいる彼の姿は、幽霊のように見えた。その上、彼はまだひと言も口をきいていなかった。

ピエール・グランゴワールが一人、大声でしゃべっていた。

「先生、また月が出ましたよ。……ぼくたちが見つからなければいいんですがね！……娘さんを一人助けて、ほめられることをしたわけだから。でも、捕まってしまうと、王の命令で縛り首になるな……」

黒衣の男は、おしゃべりな詩人には、勝手にしゃべらせておいた。男はシテ島とノートル＝ダム島のあいだを流れる狭い急流を乗り切ろうと懸命にボートをこぎ続けていた。ノートル＝ダム島は、現在サン・ルイ島と呼ばれている島である。男はセーヌ川をさかのぼり、右岸の船着場ポールト・フォワンをめざした。

大聖堂の周辺では、ますます騒ぎがひどくなっていた。ボートの三人にも、勝利の勝どきがかなりはっきりと聞こえてきた。急に、大聖堂の高いところ、塔の上や、回廊の上、控え壁の下のあたりに、無数の松明が広がった。これらの松明は何かを探しているようすだった。やがて、遠くで叫ぶ人たちの声が明瞭《めいりょう》にボートの三人に届いた。

「ジプシー娘！　魔法使いの娘！　ジプシー娘に死を！」

不幸な娘は思わず両手に頭をうずめた。見知らぬ男は河岸に向かって必死にオールをこぎはじめた。

第46章　グレーヴ広場で

しばらくすると、ボートは大きく揺れて、セーヌの岸辺についたことを知らせた。見知らぬ男は立ちあがると、ジプシー娘のところにやって来て、腕をつかみ、彼女が降りるのを手伝おうとした。娘は男を押しのけて、ピエールの袖《そで》にぶらさがったが、ピエールはヤギに気をとられて、娘をふり払うかたちになった。そこで彼女は一人でボートから飛びおりた。だがすぐさま、見知らぬ男とともに船着場に取り残されたことに気づいた。

ピエールはボートから降りたときに、勝手にヤギを連れて、パリ右岸の込みあった家々のあいだに、そっと逃げこんでしまったらしい。彼女はピエールの名を呼びたかったが、舌が口の中で動かなくなり、唇から音を発することができなかった。

突然、男の手が自分の手に触れるのを感じた。冷たいけれど、力強い手だった。男はひと言も口をきかず、彼女の手を握ってグレーヴ広場のほうへ大股《おおまた》で歩きはじめた。

この瞬間、エスメラルダは、これは運命で逆らうことができないものだと思った。もはや逆らう気力もなく、ただ引っ張られるままになっていた。周囲を見回しても、誰一人歩いていない。セーヌの河岸はがらんとしていた。

黒衣の男は相変わらず口をきかぬまま、娘の手をしっかりつかみ、いっそう足早に歩きはじめた。二人はこうしてセーヌの河岸に沿った、かなり大きな広場に着いた。それはおぼろな月光に照らされたグレーヴ広場だった。まん中に黒い十字架のようなものが立っている。それは絞首台だった。娘は自分がどこにいるか、はっきりわかった。

男は立ちどまり、彼女のほうを向いて、フードを持ちあげた。

「ああ！　またあの人！」娘は口ごもり、凍りついた。

やはり、あの副司教だった。

「いいか」と、彼は言った。長らく耳にしなかったこの不吉な声を聞いて、娘は身を震わせた。

「いいか、きみに話があるんだ。ここはグレーヴ広場だ。一つの終着点でもある。運命の力で、二人はここに来たんだ。わたしはきみの命を握っているし、きみはわたしの魂を握っている……いいか、まず、フェビュスのことをわたしに話してはならぬ。わかったな？……高等法院からきみを断頭台にかける逮捕状が出ているんだ。それでわたしがきみを彼らの手から救いだしてやった。でも、彼らはきみを追いかけている。見てみるがいい」

彼はシテ島のほうに手をのばした。なるほど、そこでは捜索が続いているらしい。松明を持った兵士たちが叫んで走り回る姿が見えた。

「ジプシー娘だ！　ジプシー娘はどこにいる？　ジプシー娘に死を！」

「追いかけられているのがよくわかったろう。……わたしはきみを助けた。完全に助けることができる。すっかり準備をしたんだ。きみは望みさえすればいい。きみが望むままに、わたしはできる」

そのあと、副司教はまっすぐに絞首台に進み、それを指で指し示しながら、冷ややかに言った。

「わたしとこれ、どちらかを選ぶのだ」

娘は彼の手をふりほどき、絞首台の足もとに倒れこむと、この不吉な土台を抱きかかえた。そして、彼にこう言った。

「こちらのほうが、あなたより怖くないわ」

その言葉を聞いてもまだ、副司教はあきらめなかった。若い娘は絞首台の前にひざまずき、長い髪の毛で顔をおおったまま、口を差しはさまず彼の言うことを聞いていた。

「わたしはきみを愛している。ああ！　それでもこれは、ほんとうのことなのだ。わたしの心で燃えているこの火は、消えることがない。夜も昼も。それなのに、何の哀れみもかけてくれないのか……」

副司教は涙ながらに娘への思いを語った。さらに、苦悶《くもん》の表情を浮かべて、

「やさしい言葉をひと言！　ひと言だけでいい！　たったひと言だけで！」

だが彼女は言った。

「あなたは人殺しよ！」

副司教は憤然として娘を抱きかかえると、恐ろしい笑い声をあげた。

「そうか、よろしい！　人殺しか！　それなら、わたしのものになるしかない。わたしについて来るのだ。さもないとその筋に引き渡す。美しい娘よ、おまえは死ぬか、わたしのものになるかだ。この人殺しのものになるのだ。わたしにキスをするのだ！　さあ、墓か、わたしのベッドか、どっちだ！」

　娘は叫んだ。

「何ていやらしい卑劣な男なの！　放してちょうだい！　その醜い白髪を引き抜いて、あんたの顔にそっくり投げつけてやるわ！」

　勝ちほこった娘は、さらに言葉を続けた。

「わたしは、あのフェビュスのものだと言っているでしょ。わたしの愛しているのはフェビュス、美男のフェビュスなの！　神父で年寄りのあんたなんて！　あんたは醜いし、どこかへ行ってちょうだい！」

　副司教は、真っ赤に焼けた鉄を押しつけられた男のような、激しい声をあげた。

「それなら死ぬがいい！」彼は歯をきしらせながら言った。

　娘は男の恐ろしい目を見て、逃げようとした。だが、男は彼女を捕まえ、からだを揺すって、地上に倒し、早足でロラン塔の〈おこもりさん〉ギュデュールが住む〈ネズミの穴〉をめざして歩きだした。娘の美しい手を取り、そのまま敷石の上を引きずっていく。

〈ネズミの穴〉のそばにつくと、男は娘のほうを向いた。

「これが最後だが、わたしのものになろうとは思わないか？」

　娘は激しい口調で答えた。

「ノン！」

すると副司教は大声で叫んだ。

「ギュデュール！　ギュデュール！　ジプシー娘を連れて来たぞ！　仕返しをするがいい！」

第47章　小さな靴

娘は不意に、肘《ひじ》をつかまれるのを感じた。見ると、やせ細った腕が、壁にあいた窓から出てきて、鉄の手のようにがっちりと娘を取り押さえている。副司教は言った。

「しっかり摑《つか》まえていろ！　逃げだしたジプシー娘だ。放すんじゃないぞ。いま裁判所の役人を連れて来てやる。この女が吊《つ》るされるのが見物できるぞ」

この無慈悲な言葉に、壁の内側から、のどを震わせた笑い声が答えた。

「ハッ、ハッ、ハッ！」

ジプシー娘は、副司教が走って、ノートル＝ダム橋のほうへ遠ざかっていく姿を目にした。その方角からは、騎馬隊のひづめの音が聞こえてきた。

若い娘は、女が意地悪な〈おこもりさん〉であると、わかっていた。恐ろしさに息を切らしながら、娘は身を振りほどこうと努めた。苦しみと絶望に襲われて、何度も跳びはねるのだが、相手は途方もない力を出して娘を押さえこんでいた。

　エスメラルダは疲れ果て、壁に倒れこむしかなかった。死の恐怖が彼女をとらえた。〈おこもりさん〉の不気味な笑い声が飛びこんでくる。

「ハッ、ハッ、ハッ！　おまえはまもなく吊るされるんだ！」

　娘は死にそうな思いで窓のほうを見やると、格子の向こう側に〈おこもりさん〉の黄ばんだ顔が見えた。

「わたしがあなたに何をしたと言うの？」娘は生気のない声でたずねた。

　娘の質問がギュデュールに届くには、すこし時間がかかった。〈おこもりさん〉は急に大声で、

「おまえがわたしに何をしたかだって？……それなら、よく聞くがいい。わたしには子どもが一人いたんだ。わかるかい？　かわいらしい小さな女の子だよ。ところが、その子が盗まれ、食べられてしまったんだ。おまえがわたしにしたことは、そういうことさ」

「それなら、その頃わたしはまだ生まれていなかったわ」と、娘は子ヒツジのように素直にこたえた。

「いや、おまえも生まれていたはずだ。あの子が生きていたら、おまえと同じ年頃だろう！……わたしはここに来て、十五年になる。十五年も苦しみ、祈り、四方の壁に

頭をぶつけてきたんだ。あの子を盗んでいったのは、ジプシーの女たちなんだ。これでわかっただろう？」

夜が明けそめてきた。広場の絞首台がしだいにはっきりと見えるようになった。騎馬隊のひづめの音も近づいてくるように思えた。娘は両手を組み、ひざをついて、必死に頼みこんだ。

「マダム、どうかお願い！　あの人たちがやって来るわ。わたしを助けて！　放してください！　お願い！」

「わたしの子どもを返すがいい！」

こんどもまた、娘は疲れ果て、倒れこんでしまった。だが、彼女は口ごもるようにつぶやいた。

「悲しいことに、あなたはお子さんを捜していますが、わたしのほうは、両親を捜しているんです」

「わたしのかわいいアニェスを返すがいい！　あの子がどこにいるのか、おまえは知らないんだろう？　それなら、死ぬしかないよ……わたしのかわいい娘がどこにいるのか、知っているのかい？　ほら、見せてやろう。これがあの子の靴さ。これだけがわたしに残された形見なんだ。これと同じものがどこにあるか、おまえは知っているかい？　知っているなら、わたしに教えておくれ」

こう言いながら、〈おこもりさん〉は、もう一方の手を明かりとりの外に差し出して、刺繡《ししゅう》をした小さな靴をジプシー娘に見せた。すでにかなり明るくなっていたので、靴の形も色もはっきりとわかる。

「その靴を見せて！」娘は身を震わせながら言った。「ああ！　神さま！　神さま！」

同時に、彼女は自由になっている手で、首につけていた緑のガラス玉の飾りがある小さな袋をすばやく開いた。

突然、〈おこもりさん〉は全身を震わせ、お腹の底から出てくるような声で叫んだ。

「わたしの娘だ！」

ジプシー娘は、もう一つの靴とまったく同じ小さな靴を、首の小袋から出していたのだ。この小さな靴には一枚の羊皮紙がついていて、そこにはつぎの二行の言葉が書かれていた。

これと同じものが見つかるとき、
おまえの母は手を差しのべてくれるだろう。

稲妻が光るよりもすばやく、〈おこもりさん〉は二つの靴を見くらべ、羊皮紙の言葉を読み、よろこびにぱっと輝いた顔を明かりとりの格子に貼りつけながら、叫んだ。

「わたしの娘だ！　わたしの娘だよ！」

「おかあさん！」ジプシー娘もこたえた。

母娘《おやこ》のあいだには、壁と鉄格子が立ちはだかっていた。〈おこもりさん〉は叫んだ。

「邪魔な壁のやつ！　せっかく娘に会えたのに、抱くこともできない！　さあ、おまえの手を、手を見せて！」

娘が明かりとり越しに手を差しのべると、〈おこもりさん〉はその手に飛びつき、唇を押しあてた。そのあと、彼女は、枕の代わりに使っていた大きな敷石を取りに部屋の隅に行き、それを力まかせに格子に投げつけたので、格子の一本は折れてしまった。勢いづいた彼女がもう一度敷石を投げつけると、古い鉄格子はみんな崩れ落ちた。

人が通れる穴ができると、母親はすぐ娘のからだを抱きかかえ、部屋の中へ引き入れながら、つぶやいた。

「さあ、おいで！　おまえを苦しみから救い出してあげるよ！」

母親は小さなアニェスにしたように、やさしく娘を抱いた。それからまた、酔ったように、狂ったように、楽しげに歌ったり、キスをしたり、話しかけたりするのだった。

「わたしの娘だ！　わたしの娘がここにいるよ！　神さまがわたしに返してくれたんだ……。すると、ジプシーの女たちが娘を食べたわけではなかったのね。だれがそん

なことを言ったのかしら？　わたしの娘！　さあ、わたしにキスをして！……わたしを許してね、アニェス、わたしを許して。おまえはわたしを、さぞ意地の悪い女だと思ったんだろう？　わたしはおまえを愛しているよ」

母親は娘の絹のような髪の毛をやさしくなで回していた。娘はされるがままになり、ときどき「おかあさん《マ・メール》！」とくり返すだけだった。母親はさらに語りかけた。

「おまえをかわいがってあげるよ。ここを出て、一緒に幸せになろう」

第48章　逮捕

このとき、武器のカチカチ鳴る音と馬の駆けるひづめの音が〈おこもりさん〉の部屋にまでひびいてきた。それはノートル=ダム橋のほうから、こちらの河岸へとしだいに近づいて来るようだった。エスメラルダは不安に駆られ、母親の腕に身を投げ出した。

「助けて！　わたしを助けて！　おかあさん！　あの人たちがやって来る！」

「えっ、何だって！　すっかり忘れていたけれど、おまえは追われているの！　いったい、何をしたんだい？」

「わからないんだけど、死刑宣告を受けたの！」

「死刑だって！」母親は雷に打たれたように、足をよろめかせ、もう一度くり返した。

「死刑になるの！」

「そうよ、おかあさん、わたしを捕まえようとしているの。あの絞首台もわたしのためにあるのよ！　わたしを助けて！　あの人たちがやって来る！　わたしを助けて！」

　ほどなく付近で騎馬隊が停まった気配がして、人の声が聞こえてきた。

「トリスタン司令官、こちらです！　あの司祭の話では、〈ネズミの穴〉に行けば、娘が見つかるということでした」

〈おこもりさん〉は明かりとりから頭を出したが、すぐにまた引っこめた。そして低い声で、「じっとしていて！　動いちゃだめ！　どこもかしこも兵隊だらけで、おまえは外に出られないよ。明るくなりすぎているしね……こちらへやって来るわ。あちらの隅に隠れておいで。見つからないから。あいつらに言ってやるわ。おまえはもう逃げちゃったって。おまえを放してしまったって」

　母親は娘を部屋の片隅に連れていった。ここならば外からは見えない。あたりは明るくなりはじめてはいたが、〈ネズミの穴〉の中はまだ闇に沈んでいた。

　このとき、副司教の声、あの悪魔の声が、部屋のすぐそばで聞こえた。

「こっちだ、フェビュス・ド・シャトーペール隊長！」

この名前を聞きつけ、隅にうずくまっていたエスメラルダはからだを動かした。

「動いちゃだめ！」母親が言った。

すぐに部屋のまわりで、騎馬隊が停まるうるさい音がひびいた。母親はすばやく立ちあがり、明かりとりをふさごうとするかのように、その前に立ちはだかった。眺めてみると、武装した兵士たちが、大勢でグレーヴ広場にならんでいる。兵士たちの司令官が、馬を降りたち〈おこもりさん〉のほうへやって来た。司令官は恐ろしい顔をして言った。

「ばあさん、われわれは魔女を捕まえようと捜しているのだが、おまえが捕まえていたようだな」

母親はできるだけどうでもいいふうを装って答えた。

「おっしゃりたいことが、よくわかりませんが」

「ちくしょう！　あの副司教のやつ、どさくさまぎれに、いい加減なこと言ったのか？　副司教はどこにいる？」司令官は叫んだ。

「どこかへ消えてしまいました」と、兵士の一人が答えた。

「それなら、ばあさん」と、司令官がまた問いただした。「うそをついてはならんぞ。おまえは魔女を一人あずかったはずだ。その女をどうした？」

〈おこもりさん〉は、すべてを知らないと言っては、かえって疑われると考えて、真剣で気むずかしい口調で、こう答えた。

「先ほどあずけられた若い娘のことでしたら、その娘がわたしの手にかみついたので、逃がしてしまいました。それだけです。わたしをそっとしておいてください」

司令官はがっかりして顔をしかめた。

「うそをついてはならんぞ、おいぼれの亡霊め！　わたしの名はトリスタン・レルミットというんだ。国王とも親しくしていただいているトリスタン・レルミットだ、わかったか？……それで、その娘はどの道へ行ったんだ？」

「広場の北のムートン通りへ行ったと思いますよ」母親は答えた。

トリスタンは頭をめぐらせ、騎馬隊に出発の合図をした。〈おこもりさん〉はほっとため息をもらした。このとき不意に、射手隊の一人が言った。

「司令官殿、この明かりとりの格子がどうして、こんなふうに折れているのか、たずねてみてはいかがでしょう？」

哀れな母親はとっさにもごもごと答えた。

「いつもこうなっているんだよ」

「何を言っているんだ！」射手隊の男は言った。「昨日はまだ、そこの格子にはりっぱな黒の十字架がはいっていたんだぞ」

司令官はちらっと横目で〈おこもりさん〉を見やった。

「このばあさん、あわてているようだな！」

不運な母親はそれでも予想外のねばりを見せた。

「その人は酔っ払っているね。一年以上も前、石を積んだ荷車がここにぶつかってきて、格子を壊してしまったんだよ」

するとまた射手隊の男が反論した。

「もし荷車がぶつかってきたとすれば、格子の破片は内側に曲がっているはずです。ところがこの格子は外側を向いています」

「おい、おい！」トリスタン司令官は兵士に言った。「おまえは裁判所の取調べ官のようだな。さあ、ばあさん、兵士が言ったことに答えるんだ！」

このときまた別の兵士がやって来て、大声で報告した。

「司令官殿、このばあさんはうそをついています。魔女が逃げだしたのは、ムートン通りではありません。あの通りはひと晩中封鎖されていましたから、だれも通れなかったということです」

「ちくしょうめ！」司令官は怒った。「おまえはうそをついているぞ！　うそをついているにちがいない！」

ところが、白髪まじりの夜警が一人、列から進み出て司令官に告げた。

「まったく、このばあさんは頭がおかしいんですよ！　こいつがジプシーの娘を逃がしたとしても、それはこの女のせいではありません。こいつはジプシーの女たちがきらいなんです。わたしは夜警をつとめて十五年になりますが、こいつがジプシーの女たちを憎む言葉を、ひっきりなしに言っているのを毎晩聞いています。われわれが追いかけているのは、ヤギを連れた若い踊り子だと思いますが、このばあさんは、とりわけあの娘をきらっていました」

ほかの夜警たちもみんな、そのとおりだとうなずいているので、トリスタン司令官は白髪の夜警の証言を信用した。トリスタンは〈おこもりさん〉から何一つ有効な話を聞きだせないことに失望し、彼女に背を向けて、ゆっくりと自分の馬のほうへと向かいながら、部下に言った。

「さあ、出発するぞ！　ほかで捜査を続けるんだ。あのジプシー娘が縛り首にならんと眠れんな」

〈おこもりさん〉のギュデュールは、ようやくほっとして、「助かった！」とつぶやき、娘のほうを見やった。

娘のエスメラルダはこの間ずっと、身動きもせず部屋の片隅にうずくまっていた。それでも彼女は、母親と司令官とのやりとりを何一つ聞きのがすことはなかった。

そのとき、司令官に呼びかける声が聞こえた。

「トリスタン司令官、魔女たちの首を吊《つ》るすなんて、れっきとした軍人である、こちらの仕事じゃありませんよ。ならず者連中はやっつけましたから、あとは司令官にお任せすることにします」

この声、それこそまさに、フェビュス・ド・シャトーペールの声だった。

エスメラルダの心に何が生じたか、何とも言い表しようもないが、とにかく彼が目の前にいるのだ。彼女の恋人であり、彼女を守り、支え、隠してくれるはずの人、彼女のフェビュスがそこにいるのだ！

彼女は立ちあがった。そして、母親がとめる間もなく、明かりとりのところまで行って叫んでいた。

「フェビュス！　助けに来て！　わたしのフェビュス！」

ところが、フェビュスは、もうその場にいなかった。彼は馬に乗って駆け足で街角を曲がっていったのだが、トリスタン司令官のほうはまだ出発してはいなかった。〈おこもりさん〉はすごい叫び声をあげて娘に飛びかかり、乱暴に娘を自分のうしろに隠そうとした。だが遅すぎた。トリスタンの目にはいってしまったのだ。

「おや、おや！　ネズミ捕りにネズミが二匹かかったな」と、司令官は笑いながら叫んだ。それから、そばにいた死刑執行人のアンリエに向かってこう言った。

「アンリエ、われわれが捜していた魔女はここにいるようだ。こいつを捕まえて縛り首にするんだ。梯子《はしご》は持っているか？」

「柱の家《メゾン・オ・ピリエ》の納屋の下にありますよ。そいつはあそこで吊るすんですね？」と、死刑執行人は石の絞首台を指さした。

「そうだ」と、司令官は答えた。

一方、〈おこもりさん〉は司令官に娘を見つけられて、すっかり希望を無くしてしまい、ひと言も口をきかなくなってしまった。母親は死んだようになっているジプシーの娘を穴倉の隅に突き飛ばし、ふたたび明かりとりのところにすわりこんで、窓枠の角に、両手を獣の爪のように押し当てた。

「司令官殿、どちらを捕まえるんですか？」執行人がたずねた。

「若いほうだ」

「よかった！　ばあさんのほうはむずかしそうですからね」

「可哀そうに！　ヤギを連れたかわいらしい踊り子が！」老夜警がつぶやいた。

死刑執行人のアンリエは明かりとりに近づき、おずおずと声をかけた。

「マダム……」

「何のご用？」

「あんたじゃない、若いほうだ」

母親は激しく頭を振って叫んだ。

「だれもいないわ！　だれもいない！　だれもいないのよ！」

「そんなことはない！」アンリエは言い返した。「われわれはあんたたちが二人でいるところを見たんだ」

「それなら見てみるがいい！　明かりとりから首を突っこんで！」母親はせせら笑った。

アンリエは母親の爪を見て、中をのぞくことができなかった。

トリスタン司令官がきびしい口調で言った。

「ばあさん、おとなしく娘をこちらに渡すんだ」

母親は言葉がわからないと言うかのように司令官を見つめた。するとトリスタンはどなった。

「ばかもんめ！　国王のご意向でその魔女が絞首刑になるのを、どうしておまえは邪魔するんだ？」

哀れな母親は恐ろしい笑い声をあげながら、

「どうしてですって？　あれはわたしの娘だからよ！」

「気の毒だが、国王のご意向なのだ」と、トリスタンは言い、さらに手下に命じた。

「壁をぶち破れ」

人が通れる穴を開けるには、明かりとりの下の石の土台を取りはずせばよかった。

母親は娘のそばに行って、自分のからだで娘を隠すようにすわりこんだ。だが、兵士たちによって、石の土台がはずされ、入り口がつくられてしまったのを見ると、彼女は大きな穴をふさぐように床に横たわり、ものすごい形相で兵士たちをにらみつけた。

　兵士たちも一瞬とまどいをみせたが、やがて覚悟を決めて、〈ネズミの穴〉へと突進した。

〈おこもりさん〉はそれを見ると、急にひざで立ち、懸命に、必死に、涙ながらに語りはじめた。自分の娘がジプシーの女たちにさらわれたこと、その後十五年もこの穴倉で過ごしてきたが、神さまの奇跡によって、その十六歳の娘を返してもらったことを……。

　彼女が口を閉ざすと、トリスタン司令官は眉《まゆ》をひそめたが、それは涙を隠すためだった。それでも司令官は自分の弱気を抑えこんで、短く告げた。

「国王がお望みなのだ」

　死刑執行人のアンリエと裁判所の役人たちは部屋の中にはいった。アンリエは娘の脇の下に手を入れ、胴を抱きかかえた。娘はその手を感じると、「ああ！」と叫んで気を失った。アンリエは母親を引き離そうとしたが、母の両手は娘の腰にぴったり張りついて離れなかった。そこでアンリエが娘を部屋の外に引きずり出すと、母もあとについてきた。

このとき朝日がのぼった。グレーヴ広場にはかなりの群衆が集まり、絞首台へと敷石の上を引きずられていく者を、遠くから見つめていた。

アンリエは娘と母親を引きずって、死の梯子の下でとまった。そして娘のすてきな首に縄をかけた。娘は麻縄が首に触れるのを感じて目を開くと、頭の上にある石の絞首台の細い腕木が目にはいった。彼女はびくっとし、甲高い声で叫んだ。

「ノン！　ノン！　いやです！」

母親は頭を娘の服の下に入れ、顔は見えなかったが、ひと言も口をきかなかった。

アンリエはこの時とばかりに、母が娘を抱きしめている腕を解き放した。母がされるがままになっていたので、死刑執行人は娘を肩にかついだ。それから梯子に足をかけのぼろうとした。

このとき、敷石にうずくまっていた母親が大きく目を開いた。叫び声もあげず、彼女は死刑執行人の手に飛びつき、その手を噛《か》んだ。電光石火の速さだった。

アンリエは痛みにうめいた。人々が駆け寄り、母親をかなり乱暴に突き飛ばした。彼女は敷石にずしんと頭をぶつけた。すぐに抱き起こされたが、ぐったりとなったままだった。母親は死んでいたのだ。

死刑執行人は、しっかりと娘を肩にかかえたまま、また梯子をのぼりはじめた。

第49章　北塔の高みで

カジモドは、避難所の小部屋が空っぽで、ジプシーの娘もいなくなっていることがわかった。

だれかに連れ去られたにちがいない。彼は両手で髪をつかみ、驚きと苦しみで足を踏み鳴らした。それから大聖堂中を走り回って、娘を捜しはじめた。

だが結局、彼女はもうここにはいない、万事休すで、彼女はだれかに盗まれてしまったと確信したとき、カジモドはゆっくりと塔の階段をのぼっていった。彼が娘を救い出した日、あれほど夢中になり、意気揚々としてのぼっていった階段だ。大聖堂はふたたびがらんとなり、静けさを取りもどしていた。王室射手隊もここを立ち去り、魔女を追いつめようと、ほかの場所に行ってしまった。

この広大なノートル＝ダム大聖堂に一人残ったカジモドは、ジプシー娘が数週間、彼に守られて安らかに眠っていたあの小部屋へと向かったのである。

小部屋に近づいたとき、彼はまた娘に会えるかもしれないと考えた。「そうだ、彼女は眠っているか、お祈りでもしているんだ。邪魔しちゃいけないな」と、彼は独り言を言った。

それでもとうとう、爪先《つまさき》立ちで前へ進み、部屋をのぞいて中にはいった。小部屋はやはり空っぽだった。空っぽだぞ！　カジモドは頭を振り、しばらくぼう然としてしまった。

こうして彼は身動きもせず、一時間以上も人気《ひとけ》のない小部屋を見つめていた。彼が悲嘆に暮れた夢に沈んで、あのジプシー娘をさらっていったのはだれだろうと考えていたとき、カジモドはふと副司教のクロード・フロロのことを思い浮かべた。この部屋に通じる階段の鍵《かぎ》を持っているのは、クロード師だけだ。こんなことをしたのは副司教だ、と彼は考えた。

このときちょうど、朝日が控え壁を明るく照らしはじめたので、カジモドは大聖堂の上の階を見あげた。すると、後陣を取りまいている外側の欄干の曲がり角のところで、一人の男が歩いている姿が目にはいった。この男がだれであるかは、すぐにわかった。副司教だ。

副司教はゆっくりとした重々しい足どりで歩いていた。歩いてはいたが、前方を見てはいなかった。彼は大聖堂の北塔へと向かっていたのだが、顔は脇を向いて、セーヌ川右岸のほうを眺めていた。こうして副司教は、カジモドのほうを見ようともせずに、鐘突きの頭上を通りすぎた。

カジモドは副司教が北塔の階段の戸口にはいっていくのを目にした。鐘突きは立ちあがり、副司教のあとを追った。彼は副司教がどうして北塔にのぼるのか知ろうとして、階段をのぼった。それに、カジモドは自分が何をしようとしているのか、よくわかっていなかった。自分が何を望んでいるのか、よくわかっていなかった。彼の心は怒りと恐怖でいっぱいだった。心の中で、副司教とジプシー娘がぶつかりあっていた。

塔の頂上に着くと、カジモドは副司教がどこにいるのか、注意して眺めた。副司教は彼に背を向けていた。鐘楼の平屋根をぐるっと欄干が取りかこんでいたが、副司教はノートル=ダム橋を真下に見る欄干に胸を押しつけて、セーヌ右岸をじっと見つめていた。

カジモドは足音を忍ばせて、副司教の背後に近づき、彼が何を見ているのか知ろうとした。副司教は自分が見つめているものに没頭していたので、鐘突きがそばに近づいてきたことにまるで気づかなかった。

副司教は、自分の見つめるもの以外の光景を、何一つ見たり聞いたりしていなかった。カジモドは副司教に、ジプシー娘をどうしたのかたずねたかったのだが、副司教はこのとき、この世の人とは思えないようすをしていた。目をじっとある場所に据えたまま、身動きもせず、だまりこくっている。

カジモドは副司教の視線の行方を追った。すると、それはグレーヴ広場に行きついた。

第50章　「白衣をまとった美しき女《ひと》（ダンテ『神曲』のうち『煉獄篇』第十二歌より）」

グレーヴ広場では、備えつけの絞首台のそばに梯子《はしご》が立てかけられていた。そこにはもう、街の人やたくさんの兵士の姿が見えた。

一人の男が何か白いものを敷石の上で引きずっていたが、そこにはまた黒っぽいものが一つ、くっついていた。この男は絞首台の下で足をとめた。

ほどなく男は梯子をのぼりはじめた。カジモドにはその男の姿がはっきりと見てとれた。男は肩に一人の女をかついでいた。白衣を着た娘だ。この娘は首に綱をつけていた。カジモドにはそれがだれだかわかった。

あの娘だ。

男は梯子のいちばん上までのぼると、そこに綱の結び目をかけた。このとき副司教は、もっとよく見ようと、欄干の上にのって、ひざをついた。

突然、男は荒々しくかかとで梯子を蹴《け》った。カジモドはすこし前から息もつけない状態だったが、あの不幸な娘が、敷石から四メートルほどの高さのところで、綱の先端にぶらさがって揺れているのを目撃した。綱は何度もぐるぐると円を描いた。

この上なく恐ろしいこの瞬間、悪魔の笑い声がわき起こった。人間を放棄した者にしかできないような笑い声が、副司教の青ざめた顔からわき起こったのだ。

カジモドにはこの笑い声は聞こえなかったが、声をあげる姿は見えた。

鐘突きは副司教のうしろに数歩さがったかと思うと、急に怒りをこめて彼に飛びかかり、太い両手で背中を押し、クロード師が屈《かが》みこんでいた深淵《しんえん》へと彼を突き落とした。

副司教は「天罰か！」と叫んで、落下した。

すぐ下に、鉛管の樋《とい》が通っていて、クロードはそこに引っかかった。副司教が死にもの狂いでそこにしがみつき、もう一度叫び声をあげようとしたとき、頭上の欄干の縁からカジモドが復讐《ふくしゅう》心に燃えた恐ろしい顔を突き出しているのが目にはいった。

そこで副司教は口をつぐんだ。

足もとには深淵が広がっている。七十メートルほど下は、石畳だ。

この恐るべき状況にあって、副司教はひと言も発せず、うめき声一つ洩《も》らさなかった。

カジモドは、手をのばしさえすれば副司教を深淵から引きあげることができたのだが、鐘突きはクロード師を見ることさえせず、グレーヴ広場を見つめていた。彼は絞首台を、あのジプシー娘を見つめていたのである。

カジモドは、つい先刻まで副司教がいた同じ欄干に肘《ひじ》をついていた。これまで一度しか流したことのない涙が、沈黙のうちに細い滝のように左目から流れ落ちた。

この間、副司教はあえいでいた。僧衣は樋に引っかかって破れ、彼がからだを動かすたびに、すこしずつ裂け目を広げる音まで聞こえた。彼はまた下を見た。広場と深淵が広がっている。彼は頭を上げ、目を閉じた。髪の毛が逆立っていた。

副司教は、どんなにもがいても、自分に残されたもろい足場を揺らすことにしかならないと思って、これ以上は動かないでいようと心に決めた。まわりはすべて石だった。目の前には怪物が口を開いていて、下の奥底は広場の敷石で、すぐ頭の上では、カジモドが泣いていた。

とうとうクロードは、怒りと恐怖のあまり、口から泡をふき、どんなことをしても無駄だとわかった。それでも彼は最後の力を振りしぼった。樋の上でからだを踏んばり、両ひざで壁を押し、石の割れ目に手をかけて、三十センチあまりからだを上に上げたのである。だが、この動きのために、鉛の樋が急に曲がってしまった。宙に浮いたような感じがして、副司教は目を閉じ、樋を放して落ちていった。

カジモドは副司教の落ちる姿を見つめた。

これほど高い場所から落下するときは、なかなか垂直には落ちないものだ。空中に投げ出された副司教は、はじめ頭を下にして両手を広げていたが、その後数回からだを回転させた。それから風に押し流されて、一軒の家の屋根に落ち、そこをずるずるとすべって、さらに、広場の石畳まで落ちて跳ね返った。副司教はもう動かなかった。

カジモドは目を上げてジプシー娘のほうを見た。絞首台に吊《つ》るされた彼女のからだが、最後の断末魔の苦しみに襲われ、白衣の下で身をよじらせているのが、はるか遠くからも見てとれた。鐘突きは北塔の下に横たわった副司教へと目を移したが、クロード師はもはや人間の形をとどめてはいなかった。

カジモドは胸を大きく波打たせながら、すすり泣いた。

「ああ、おれの愛した人が二人とも！」

第51章　カジモドの結婚

ジプシー娘と副司教が亡くなった日、カジモドはノートル＝ダム大聖堂から姿を消してしまった。

エスメラルダが絞首刑にされた日の夜、刑の執行人たちは彼女の遺体を絞首台からおろして、いつものように、モンフォーコン（現在のパリ十区、サン・マルタン運河の東側に広がる丘陵にあった犯罪人の処刑場、および死体処理場。十八世紀半ばに取り壊された）の墓穴へと運んだ。

この物語の終わりを告げる出来事から二年ほど経って、モンフォーコンの墓穴へある人物の遺骨を捜しに来た人が、ぞっとするような骸骨《がいこつ》のなかに、たまたま二つの骸

DAUBIGNY

骨を見つけた。

その一つは、もう一つの骸骨を奇妙な恰好《かっこう》で抱きかかえていた。

二つの骸骨の一つは女性のもので、そこにはまだ、白衣を思わせる服の布地の切れはしがいくつかくっついていた。また、その首には数珠《じゅず》玉《だま》の首飾りがつけられていたが、そこには緑のガラス玉を散らした絹の小袋までついていた。

この女性の骸骨をしっかり抱きしめているもう一つの骸骨は、男のものだった。その背骨は曲がり、頭は肩甲骨のあいだに埋めこまれていた。一方の脚が、もう一方の脚より短かった。しかも、首の骨がまったく損傷を受けていないことから、この男が絞首刑になってはいないことは明白だった。つまり、この骸骨の持ち主は、みずからここにやって来て、ここで死んだのだ。

この骸骨を、それが抱きしめている骸骨から引き離そうとすると、骨は粉々にくだけ散ってしまった。

完

訳者あとがき

本書は、十九世紀フランスの文豪ヴィクトル・ユゴーの小説『ノートル＝ダム・ド・パリ』を短縮して新たに訳出したものです。原作は十一編から成り、各編が複数の章をもつ正真正銘の長編小説ですが、本書では全体を51章に細かく分け、内容に沿って章タイトルを付してあります。

ユゴーのこの傑作古典は、これまで何度も映画や舞台、アニメーションなどに翻案されてきたので、おおよそのストーリーは知っているという人は多いかと思いますが、原作を読んだことがあるという人は、あまり多くはないと存じます。

原作は、同じユゴーの大作『レ・ミゼラブル』と同様、きわめて長大で複雑な構造を持っており、主要キャストがなかなか登場しなかったり、一見ストーリーと関係のない話が延々と続いたりするので、現代の日本の読者にとってはすこぶる読みにくい小説と言えます。

そのため、本書では何よりも「読みやすさ」を目指しました。さらに、できるだけ原作の面白さを盛りこむべく、登場人物たちの激しい葛藤《かっとう》、中世のパリの活気あふれる〈奇跡御殿〉、生き別れの母娘《おやこ》の数奇な運命などを、読者がなるべく自然にたどれるように筋書きの構成を心がけました。

主要人物たち――容貌《ようぼう》怪奇なカジモドの愚直なまでの心根も、執拗《しつよう》きわまるクロードのストーカー的行動も、後の世に「ファム・ファタル（宿命の女、男の運命を狂わせる女）」の烙印《らくいん》を押されてしまうエスメラルダの美しさも、興味津々の筋書きの合間に妖《あや》しく輝いているので、読者はこの小説の醍醐味《だいごみ》を十分に味わうことができるでしょう。

年譜をご覧になればわかるように、『ノートル＝ダム・ド・パリ』は一八三一年に刊行されました。そこで、その前後のヴィクトル・ユゴーの状況を説明して、あとがきに代えたいと思います。

ユゴーは、一八二七年頃から、ロマン主義文学運動を進める若きリーダーとなっていました。パリのノートル＝ダム＝デ＝シャン（現在のパリ六区）の彼の家には、サント＝ブーヴ、ヴィニー、デュマ・ペール、ミュッセ、もっと若い世代のネルヴァルやゴーチエなどの作家たちが寄り集まったようです。社会の変革や芸術の革新を求めたこのグループは〈セナークル（結社）〉と呼ばれました。

ユゴーは自作の史劇『クロムウェル』（一八二七年）の序文で、あらゆる桎梏《しっこく》や束縛から芸術を解放すること、つまり芸術の絶対的自由を訴えました。この序文はロマン派の宣言書《マニフェスト》と言われましたが、彼はさらに、一八二九年に発表した『東方詩集』の序文でも、同じ主張をくり返しました。

そして一八三〇年二月、ユゴーのロマン派劇『エルナニ』が、パリのコメディ＝フランセーズで初演されました。従来の古典悲劇では、とりわけ「三一致の法則」（芝居の筋はただ一つだけとし、場面も同じ一つの場所に、時間もその日一日に限られるとするもの）が重んじられてきたので、これを無視するユゴーの芝居の上演は大きな評判を呼び、古典派とロマン派の〈エルナニの戦い〉とまで言われました。古典派の観客は芝居をやじり倒そうとしましたが、ピンクのチョッキを着こんだゴーチエなどロマン派の観客の拍手喝采《かっさい》がやじを圧して、『エルナニ』の上演は華々しい成功を収めました。

『エルナニ』の大成功の前、一八二八年十二月、ユゴーは出版元のシャルル・ゴスランと契約を結び、当時流行していたウォルター・スコット（スコットランドの作家 一七七一―一八三二年）風の歴史小説を書く約束になっていました。この小説が『ノートル＝ダム・ド・パリ』になるわけですが、一八二九年四月の原稿引き渡し期限にもユゴーが原稿を渡さないため、ゴスランは怒って新しい契約を取り決め、一八三〇年十二月までに原稿が入手できない場合は、ユゴーが罰金を支払うという条件が課せられたということです。

いよいよ切羽詰まって、ユゴーは一八三〇年六月、作品のための膨大な資料を集めはじめ、パリで七月革命が勃発《ぼっぱつ》する直前に小説の冒頭部分を書きだしました。そして一八三一年一月十五日には小説を書き終え、三月には出版に漕《こ》ぎつけたというのですから、やはりこの作家の筆力、エネルギーの強大さに感嘆せざるを得ません。

〈エルナニの戦い〉に堂々勝利して喝采を博し、中世のパリの民衆を活写する念願の長編小説を出版したユゴーは、さぞかし晴ればれとした心境にあったと思いきや、逆に苦悩と悲しみの渦に巻きこまれていました。それは、妻アデールが〈セナークル〉のなかでも特別に親しい仲間であるサント＝ブーヴに近づき、後に近代文学批評の祖とまで言われるこの人物を愛するようになったためです。

一八二九年当時、サント＝ブーヴはほぼ毎日のようにユゴー家を訪れ、教会で告解を聞く聴罪司祭さながらにアデールと接し、二人で語り合っていたと言います。

詩人ユゴーは、一八二九年八月九日の自作の詩にこう書き残しました。

……ああ、恋しい女《ひと》よ！　ああ！　いまや影《ロンブル》が、
ぼくたちの空を覆い、人生は暗い《ソンブル》。
いまや不幸の雲がわき起こる、ゆっくりと《ラントマン》、

ぼくたちの光かがやく蒼《あお》い天空《フイルママン》に。
いまや目の前の光景は、かげり、遠ざかる《ルキュル》。
ぼくたちの世界は消えた、黒い薄暮《クレプスキュル》の中に。
……

詩集『秋の木の葉』（一八三一年第十二編の一部）

ユゴーの伝記を著したアンドレ・モロワ著『ヴィクトール・ユゴー』（辻昶《つじとおる》・横山正二＝訳、新潮社 一九六一年）には、ユゴーとサント＝ブーヴの頻繁な手紙のやりとりや文学者同士の微妙な関係が詳しく語られていますが、結局一八三四年、二人は決別を迎えることになります。

　妻のアデールは夫ヴィクトルとの生活に戻りましたが、これも年譜で明らかなように、一八三三年、ユゴーは舞台女優ジュリエット・ドルーエとの恋愛関係を深めていき、彼女を「生涯の伴侶《はんりょ》」とするのです。

　いま『秋の木の葉』の一節で垣間見《かいまみ》たように、ユゴーは夫婦の危機が暗雲のように迫りくる不安を、そのまま詩に書きとめました。このように個人の心の内側、感情や苦しみ・悲しみを赤裸々に描くことも、ロマン派の詩の特徴の一つと言えます。

ところで本書には、KADOKAWA編集部の大いなる努力のおかげで、幸いにも『Notre-Dame de Paris』Eugène Hugues 一八三二年版の挿絵を収録できました（各々の挿絵画家と版制作者の名前は、巻末の一覧をご覧ください）。

二十点に及ぶこれらの挿絵のなかで、例えば、大聖堂の鐘につかまって嬉々《きき》として揺れ動くカジモドの姿（55ページ）をご覧ください。大音量を響かせながら躍動するカジモドの姿は、現実を離れた空想の世界に溶けこみ、この絵だけでも十分にロマン主義を感じさせてくれます。

また、カジモドが愛するエスメラルダを守ろうと、大聖堂の上から溶かした鉛を二本の滝のように流し落とす場面（１６９ページ）も、まさに想像力のもたらす世界で、ロマン派の本領発揮と言えるでしょう。

そして小説の最後を飾る挿絵（２１２ページ）は、昔の処刑場でもあったモンフォーコンの墓場（現在のパリ十区、サン・マルタン運河の東に広がる傾斜地にあった）が描かれています。現在のパリからは考えられない風景ですが、ロマン主義の想像世界のなかには、このように惨《むご》たらしく寒々しい死の情景も存在したのでしょう。

このほか、タンバリンを叩《たた》いて踊る美しい娘エスメラルダや、どこまでも彼女につきまとうクロード・フロロなど、それぞれの登場人物の姿や、中世のパリのようすを描いた十九世紀の挿絵を、十分にご鑑賞ください。

巻頭には、作品の舞台となったパリの地図を載せることができました。ノートル＝ダム大聖堂の場所はもちろんのこと、〈奇跡御殿〉やエスメラルダが踊っていたグレーヴ広場の位置などをご確認いただけたらと存じます。

なお、本書中に、「ジプシー」という言葉が多数出てきます。「ジプシー」は、かつてヨーロッパを中心に移動しながら生活していた少数民族ロマの人々を指す呼称の一つですが、とくにヨーロッパでは、歴史的に「ジプシー」に対するきびしい差別と迫害があり、いまなおその影響が残っているという事実があります。そのため、翻訳のなかで「ジプシー」という表現を使うことは、現在の人権擁護の見地からは不適切だという考え方もあるでしょう。

しかしながら、ユゴーがこの作品を書いた一八三〇年代という時代的背景や、ヒロイン・エスメラルダが、そんな社会の差別的な扱いを受けながらも、強い信念とプライドを持ち、自分の信じる道を生きようとする姿が作品の核ともなっていることに鑑み、あえて「ジプシー」という表現を残しました。差別を容認し助長する意図はまったくないことをご理解ください。

二〇一九年四月十五日、パリのノートル＝ダム大聖堂が火事になり、その衝撃的な映像が日本のテレビ・ニュースにも流されました。さらに同年十月末には、沖縄の首《しゅ》里城《りじょう》の正殿を含む九棟が焼失する悲報が続きました。

洋の東西を問わず、こうした歴史的建造物は、多くの人々の心の中で、かけがえのない精神的な支柱の役割を果たしてきたはずです。フランスでも日本でもそれぞれすでに再建計画が実行に移されているようですが、パリの大聖堂と沖縄の首里城の、できるだけ早い復元と再建を願ってやみません。

二〇二二年一月

大友　徳明

ヴィクトル・ユゴー 年譜

西暦	生涯	作品・その他
一八〇二	二月二十六日、ヴィクトルは、フランス東部の都市ブザンソンで、三男として生まれる。父ジョゼフ・レオポール・シジスベールはナポレオン軍の将校。母ソフィ・トレビュシェはヴァンデ県出身の王党派。	A・デュマ（ペール）誕生。
一八〇四	母ソフィは息子たちとパリへ。	ナポレオン、皇帝に。
一八〇九	父の任地であるイタリアやスペインで暮らしたのち、母ソフィとパリの袋小路フイヤンティーヌに住む。ヴィクトルは、塾でラテン語とギリシア語を学ぶ。	
一八一〇	母のソフィは、王党派のラオリをかくまい、彼の愛人とみなされる。	
一八一一	母ソフィとともに、スペインへの印象深い旅。マドリードでヴィクトルは、次兄ウジェーヌと貴族学校	

の寄宿舎にはいる。

一八一二　母および次兄と、フランスへもどる。
ラオリは陰謀の罪で死刑宣告を受け、銃殺される。

一八一三　母と息子たちは、現在のシェルシュ＝ミディ通りに
転居。すぐ近くに、将来の妻アデール・フーシェの
家があった。

一八一四　ユゴー夫妻の離婚訴訟が始まる。
ナポレオン、皇帝を退位。
ルイ十八世即位。
第一次王政復古。

一八一五　ヴィクトル、次兄と寄宿学校コルディエ（現在のパ
リ六区ゴズラン通り）にはいる。
ナポレオン、「百日天下」。
ルイ十八世復位。
第二次王政復古。

一八一六　ルイ・ル・グラン校で数学と哲学の授業を受ける。

一八一七　アカデミー・フランセーズの詩のコンクールで激励
賞受賞。十五歳で詩壇デビュー。

一八一八　両親が正式離婚。息子たちは母と、現在のボナパル
ト通りに住む。

一八一九　トゥルーズ・アカデミーの詩のコンクールに「アン

リ四世像の再建」（オード）で優勝。最初のオード
集の刊行。将来の妻アデールに愛を告白。

一八二〇　暗殺された王位継承者ベリー公を詠《うた》った「ベリー公
の死」により、ルイ十八世から五〇〇フランの賜金。　数編の『オード集』

一八二一　母ソフィが死亡。
アデールと秘密の婚約。

一八二二　アデール・フーシェと結婚。　『オードと雑詠集』
やはりアデールに惚れこんでいた次兄ウジェーヌは、
精神に異常をきたす。国王から一二〇〇フランの年
金を受ける。

一八二三　長男レオポール誕生（父および祖父と同名）するが、　最初の小説『アイスランドのハン』
まもなく死亡。
ロマン主義の機関誌〈ミューズ・フランセーズ〉創刊。

一八二四　夫妻はヴォジラール通りに転居。　『新オード集』
長女レオポルディーヌ誕生。　ルイ十八世死去。シャルル十世即位。

一八二五　レジオン・ドヌール勲章の騎士章受勲。
シャルル十世の聖別式に招待される。

一八二六	夏、アルプスへ家族旅行。 次男シャルル誕生。	小説『ビュグ・ジャルガル』 『オードとバラード集』
一八二七	批評家サント=ブーヴとの関係深まる。 ノートル=ダム=デ=シャン通りへの転居。 ロマン派の指導者となる。	劇『クロムウェル』とその〈序文〉
一八二八	父レオポール卒中で死亡。 三男フランソワ=ヴィクトル誕生。	
一八二九	『マリオン・ド・ロルム』で、王党派と決別する。 この芝居は上演禁止となった。	小説『死刑囚 最後の日』 『東方詩集』 史劇『マリオン・ド・ロルム』
一八三〇	ロマン派劇『エルナニ』の上演が大成功を収め、古典派に対しロマン派は勝利する。 次女アデール誕生。 七月『ノートル=ダム・ド・パリ』の執筆を開始。	劇『エルナニ』 七月革命。ルイ=フィリップ即位し七月王政始まる。

一八三一	『マリオン・ド・ロルム』初演。 妻とサント=ブーヴとの関係に悩む。 『ノートル=ダム・ド・パリ』脱稿。	小説『ノートル=ダム・ド・パリ』 詩集『秋の木の葉』
一八三二	ロワイヤル広場（現在のヴォージュ広場、ヴィクトル・ユゴー記念館）へ転居。	劇『王は戯れる』（すぐ上演禁止） コレラの流行。 六月暴動。
一八三三	女優ジュリエット・ドルーエとの恋の始まり。彼女はヴィクトルの〈生涯の女性〉となる。	劇『ルクレツィア・ボルジア』
一八三四	ジュリエットとブルターニュ旅行。 サント=ブーヴと絶交。	『文学哲学雑記』 小説『クロード・グー』
一八三五	ピカルディとノルマンディを旅行。	詩集『薄明の歌』
一八三六	アカデミー・フランセーズに二度立候補し、落選。	オペラ『ラ・エスメラルダ』上演失敗。
一八三七	次兄ウジェーヌ、精神科病院で死去。 ジュリエットとベルギーやフランス北部へ旅行。 レジオン・ドヌール勲章のオフィシエ章受勲。	詩集『内心の声』

一八三八　ロワイヤル広場の自宅にオルレアン公夫妻を招待する。『リュイ・ブラース』が上演されるが、ロマン派演劇は凋落《ちょうらく》の道をたどる。　劇『リュイ・ブラース』

一八三九　ジュリエットと、アルザス地方、スイス、フランス南部を旅する。

一八四〇　アカデミー・フランセーズに立候補するが、またしても落選。文学者協会会長になる。　詩集『光と影』

一八四一　アカデミー・フランセーズにようやく当選し、会員となる。

一八四二　紀行記『ライン川』
バルザック『人間喜劇』

一八四三　長女レオポルディーヌ結婚。だが、夫とともに事故にあい死亡。長い失意の時が続く。　『城主』
デュマ（ペール）『モンテ＝クリスト伯』

一八四五　貴族院議員となる。

のちに『レ・ミゼラブル』となる小説『レ・ミゼール』に着手。
画家ビヤール・ドネの妻レオニー夫人と姦通《かんつう》事件発覚。

一八四六－四七　政治活動を強め、貴族院で多くの発言をする。

一八四八　憲法制定議会議員に。リスリー通りへ転居。
共和派の新聞〈レヴェヌマン〉刊行。
二月革命。ルイ＝フィリップ退位。
ルイ＝ナポレオン大統領。

一八四九　国民議会議員。

一八五〇　カトリックの教育支配をもくろむ「ファルー法」に反対する（フランスの政教分離）。
バルザックの葬儀で演説。

一八五一　独裁に向かうルイ＝ナポレオンに反対する演説。
次男シャルルと三男フランソワが、反乱をそそのかす記事を書いたとして投獄される。
ルイ＝ナポレオンのクーデター後、ブリュッセルに亡命する。
十二月、ルイ＝ナポレオンのクーデター。

一八五二　『小ナポレオン』をブリュッセルで出版。　ルイ=ナポレオン皇帝に
ロンドン経由で、ジャージー島へ。家族やジュリエ　（ナポレオン三世）。
ットもこの島へ。　第二帝政。
一八五三　詩集でナポレオン三世を批判。　『懲罰詩集』
一八五四　交霊術を体験。
後に出版される詩集『サタンの終わり』と『神』に
収められる創作の始まり。
－五五　英政府よりジャージー島からの退去命令がくだり、
ガーンジー島に移住。
一八五六　『静観詩集』の出版が成功を収める。　『静観詩集』
一八五八　はれもの（ヨウ）の重い病気。次女のアデールが憂
うつ症にかかり、ユゴー夫人は娘とともにロンドン
やパリに出かけるようになる。
一八五九　ナポレオン三世の特赦令を拒む。　『諸世紀の伝説』（第一
全人類の歴史を描こうとする壮大な長編叙事詩『諸　集）
世紀の伝説』に着手する。
一八六一　ベルギーとオランダへ旅行。

『レ・ミゼラブル』書き終える。
ピンソン中尉、ユゴー家来訪。

一八六二　パリとブリュッセルで、『レ・ミゼラブル』を出版。　『レ・ミゼラブル』
ベルギーとドイツへ旅行。

一八六三　次女アデールはピンソン中尉を追ってロンドンに渡り、結局はカナダに旅立つ。

一八六四　ベルギーのアルデンヌ高地とライン川に沿って旅する。　評論『ウィリアム・シェークスピア』

一八六五　ユゴー夫人と二人の息子はブリュッセルに移住。　詩集『街と森の歌』
ヴィクトルはブリュッセルに滞在したあと、ガーンジー島に帰還。

一八六六　ベルギーへの旅。　小説『海で働く人びと』

一八六七　パリで再演された『エルナニ』は成功するが、再演許可のおりた『リュイ・ブラース』はすぐに上演禁止となる。
ユゴー夫人は初めてジュリエットに会い、彼女に敬

	意を表す。	
一八六八	八月、ユゴー夫人ブリュッセルで死去。ヴィクトルはブリュッセルに滞在。	
一八六九	ベルギーとスイスへの旅。息子たちがパリで反政府的新聞〈ラペル〉を創刊。	小説『笑う男』
一八七〇	九月、ジュリエットおよび息子一家とパリに到着。	普仏戦争。ナポレオン三世、スダンで降伏。共和政宣言。
一八七一	国民議会議員に当選するが、まもなく辞職。次男シャルル死去。ヴィクトルはブリュッセルに発《た》つ。パリ・コミューン一味をかくまったため、ブリュッセルを追われ、九月パリにもどる。	三月、パリ・コミューン設立。五月、コミューン崩壊。
一八七二	国民議会の選挙に落選。次女アデール精神に異常をきたし、カナダから送り返され、精神科病院へ。	詩集『恐るべき年』
一八七三	小説『九三年』執筆。リヨンで立候補するのを断り、パリにもどる。三男	ナポレオン三世死去。

一八七四	フランソワ＝ヴィクトル死去。	小説『九三年』
一八七五	ガーンジー島への旅。『言行録』のうち、第一巻と第二巻を出版。	『亡命前』 『亡命中』
一八七六	上院議員に選出される。『言行録』第三巻を出版。	『亡命後』
一八七七	長編叙事詩『諸世紀の伝説』の新シリーズを出版。	『諸世紀の伝説』（第二集） 『ある犯罪の物語』
一八七八	六月、脳卒中に。リハビリのためガーンジー島へ。十一月、現在のヴィクトル・ユゴー通りへ、最後の転居。	詩集『教皇』
一八七九－八〇	上院で演説するが、上院はパリ・コミューン参加者に部分的特赦しか認めない。	詩集『至上の憐憫《れんびん》』 詩集『既成宗教と真の宗教』 詩集『ロバ』
一八八一	二月、パリの市民、ヴィクトルの八十歳を祝う。	詩集『精神の四方の風』

一八八二　劇『トルケマダ』

一八八三　生涯の伴侶、ジュリエット・ドルーエ死去。『諸世紀の伝説』（第三集）

一八八四　スイスとイタリアへ最後の旅。

一八八五　肺のうっ血症にかかり、五月二十二日死去。六月一日、国葬としてパンテオンに埋葬される。

『Notre-Dame de Paris』Eugène Hugues, 1832年版より

挿絵一覧

参考文献

『Notre-Dame de Paris』
Victor Hugo（Eugène Hugues, 1832）

『Notre-Dame de Paris』
Victor Hugo（Classiques abrégés, l'école des loisirs, 1985）

『Victor Hugo』
Sophie Grossiord（Découvertes Gallimard, 1998）

『Notre-Dame de Paris』
Victor Hugo（Gallimard, folio classique, 2009）

『Notre-Dame de Paris, Une anthologie』
Victor Hugo（Gallimard, 2009）

『Notre-Dame de Paris ; Les Travailleurs de la mer』
Victor Hugo（Bibliothèque de la Pléiade, nrf, 2019）

『ヴィクトール・ユゴー』
アンドレ・モロワ　辻 昶・横山正二＝訳（新潮社，1961）

『ユゴー　ノートル=ダム・ド・パリ　100分de名著』
鹿島 茂（ＮＨＫ出版，2018）

本書は訳し下ろしです。

ノートル=ダム・ド・パリ

ヴィクトル・ユゴー　大《おお》友《とも》徳《のり》明《あき》=訳

令和４年　２月25日　初版発行
令和６年 10月20日　４版発行

発行者●山下直久

発行●株式会社KADOKAWA
〒102-8177　東京都千代田区富士見2-13-3
電話　0570-002-301（ナビダイヤル）

角川文庫 23062

印刷所●株式会社KADOKAWA
製本所●株式会社KADOKAWA

表紙画●和田三造

◎本書の無断複製（コピー、スキャン、デジタル化等）並びに無断複製物の譲渡および配信は、著作権法上での例外を除き禁じられています。また、本書を代行業者等の第三者に依頼して複製する行為は、たとえ個人や家庭内での利用であっても一切認められておりません。
◎定価はカバーに表示してあります。

●お問い合わせ
https://www.kadokawa.co.jp/（「お問い合わせ」へお進みください）
※内容によっては、お答えできない場合があります。
※サポートは日本国内のみとさせていただきます。
※Japanese text only

©Noriaki Ohtomo 2022　Printed in Japan
ISBN 978-4-04-111082-9　C0197

◆◆◇

角川文庫発刊に際して

角　川　源　義

第二次世界大戦の敗北は、軍事力の敗北であった以上に、私たちの若い文化力の敗退であった。私たちの文化が戦争に対して如何に無力であり、単なるあだ花に過ぎなかったかを、私たちは身を以て体験し痛感した。西洋近代文化の摂取にとって、明治以後八十年の歳月は決して短かすぎたとは言えない。にもかかわらず、近代文化の伝統を確立し、自由な批判と柔軟な良識に富む文化層として自らを形成することに私たちは失敗して来た。そしてこれは、各層への文化の普及滲透を任務とする出版人の責任でもあった。

一九四五年以来、私たちは再び振出しに戻り、第一歩から踏み出すことを余儀なくされた。これは大きな不幸ではあるが、反面、これまでの混沌・未熟・歪曲の中にあった我が国の文化に秩序と確たる基礎を齎らすためには絶好の機会でもある。角川書店は、このような祖国の文化的危機にあたり、微力をも顧みず再建の礎石たるべき抱負と決意とをもって出発したが、ここに創立以来の念願を果すべく角川文庫を発刊する。これまで刊行されたあらゆる全集叢書文庫類の長所と短所とを検討し、古今東西の不朽の典籍を、良心的編集のもとに、廉価に、そして書架にふさわしい美本として、多くのひとびとに提供しようとする。しかし私たちは徒らに百科全書的な知識のジレッタントを作ることを目的とせず、あくまで祖国の文化に秩序と再建への道を示し、この文庫を角川書店の栄ある事業として、今後永久に継続発展せしめ、学芸と教養との殿堂として大成せんことを期したい。多くの読書子の愛情ある忠言と支持とによって、この希望と抱負とを完遂せしめられんことを願う。

一九四九年五月三日